PREMIER CONTACT

Du même auteur,

dans la même série :

Épisode un : *Premier contact* (août 2017)

Épisode deux : *Premier envol* (février 2018)

Épisode trois : *Première sortie* (mars 2019)

Épisode quatre : *La Longue marche* (à paraître prochainement)

Chez le même éditeur :

Les Chroniques Kyfballiennes :

Livre premier : *Le Jour du dernier espoir* (décembre 2016)

Livre second : *Kyfball connection* (à paraître prochainement)

Contact : contact@slecocq.fr
Site Web : www.slecocq.fr

© 2017 Sébastien Lecocq/Sébastien Lecocq

Illustrations de couverture : Chris Lawgan
Illustrations internes : Sébastien Dardenne
Logo (page 2) : Nthinila Phumaphi
Photographie de Margot Becka

Edition : BoD - Books on Demand
12/14 rond-point des Champs Elysées
75008 Paris
Imprimé par BoD – Books on Demand, Norderstedt
ISBN : 978-2-3221-5895-9

Dépôt légal : Août 2017
Seconde édition : Février 2019

À mes parents.

À ma femme.

AVANT-PROPOS

Ce qui ne devait être au départ que la dernière nouvelle du prochain volume des Chroniques Kyfballiennes[1] a bien évolué depuis. J'avais décidé d'écrire une ultime histoire courte, plus fun, plus directe et plus punchy, entrecoupée de quelques illustrations pour finir sur une note bien différente du reste du livre.

Je voulais une aventure plus légère et centrée sur des personnages féminins que tout opposait, ou presque.

---

[1] Le premier tome, *Le jour du dernier espoir*, est actuellement disponible en librairie.

Mais avant de réellement commencer dans cette voie, il me fallait d'abord trouver un artiste pour ce petit projet un peu particulier.

L'arrivée d'un talentueux dessinateur canadien, avec qui j'avais déjà travaillé par le passé, changea la donne. Il acceptait de s'investir dans cette nouvelle entreprise avec enthousiasme.

Les idées ont ensuite germé plus rapidement que prévu ; le texte a pris beaucoup plus d'ampleur. La trentaine de pages initiales que je programmais, s'est vite transformée en une quarantaine, puis une cinquantaine, pour dépasser la soixantaine, et ainsi de suite…

Il n'était donc plus question de l'incorporer en l'état dans les Chroniques.

D'autant que les illustrations s'étaient, entre-temps, multipliées avec talent et brio.

Je ne voyais donc plus comment trouver convenablement une solution, sans faire l'impasse sur certaines séquences et aller à l'essentiel, en découpant davantage le récit, dans l'espoir de le faire tenir. Une idée un peu bancale, finalement.

Ou alors il me faudrait tout simplement abandonner cette aventure, pour la reprendre plus tard, en vue d'un éventuel autre recueil. Mais là encore, cela ne m'emballait pas plus que ça.

En définitive, j'optai pour une solution différente et décidai, au contraire, de donner plus de profondeur aux protagonistes, d'incorporer davantage d'éléments de la seconde partie que j'avais déjà « scriptée » et d'écrire cette nouvelle sous la forme d'un spin-off, pour devenir une minisérie de romans courts.

Ce choix m'ouvrit alors de multiples nouvelles portes pour me permettre de développer sous un autre angle la vie des habitants de Turbo-City, mais aussi et surtout, d'élargir l'horizon de ces jeunes héroïnes qui venaient de s'installer durablement dans mon esprit pour m'enthousiasmer davantage à chaque nouvelle péripétie.

Un duo antinomique des jumeaux Summers, en retrait de l'univers du Kyfball, concentré sur des menaces inédites et bien loin de l'apocalypse de 2094…

Avant de conclure ces quelques mots, j'aimerais remercier une fois encore les deux artistes (Chris Lawgan et Sébastien Dardenne) qui m'ont soutenu dans cette aventure et sans qui le résultat final n'aurait pas été totalement satisfaisant.

Leur vision et leurs idées ont aussi permis de faire évoluer le récit. De plus, ils s'activent déjà à l'heure où j'écris ces lignes, à illustrer les différents dangers que croiseront Savannah et Niki dès le prochain épisode.

Pour finir, je tiens tout particulièrement à remercier les bêta-lectrices et lecteurs qui ont aussi aidé à peaufiner les pages qui vont suivre. Là encore, sans eux, le résultat n'aurait pas été des plus satisfaisants. Ils ont permis de lever certaines zones d'ombre et de fluidifier certains passages.

Voilà, pour l'heure, il ne me reste donc plus qu'à vous souhaiter un bon voyage !

S.L.
Juillet 2017

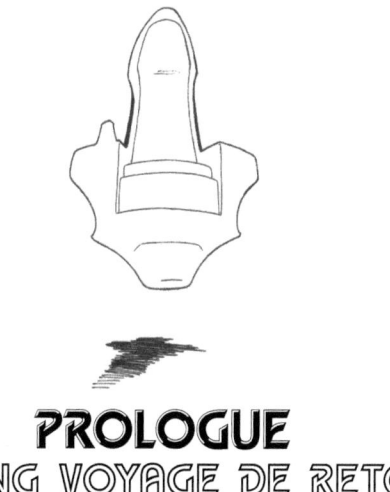

PROLOGUE
UN LONG VOYAGE DE RETOUR

Turbo-City, station TTE Alpha, 25 janvier 2092

Le bolide ferroviaire Trans-Turbo-Express était lancé à vive allure dans le rail électromagnétique qui le maintenait en l'air, dans l'un des couloirs de transport transitoire parsemant le ciel de Turbo-City. La dernière ville encore debout après l'apocalypse nucléaire de 2048 qui dévasta la Terre entière. Le dernier bastion humain où vivent près de quarante millions d'individus, deux millions de drones et plusieurs milliers de mutants. La mégapole est divisée en quatre grands quartiers bien distincts, qui font référence aux quatre points cardinaux. Il y a donc le Sud, qui porte le nom de « La Grande Bombe » ; l'Est, ou « La Machine industrielle » ; le Nord, qui est « La Vraie Ville » et l'Ouest pour « La Place du pouvoir ». De taille différente, le dernier quartier ne représente que dix pour cent de la superficie totale de la cité.

Dans l'une des cabines d'habitacle réservées à l'avant du long convoi, une jeune femme aux courts cheveux bruns en bataille venait de demander la fermeture du petit hublot vitré qui donnait sur les hauteurs bleutées de la ville à son drone bienveillant, qui la servait depuis son plus jeune âge. Dans les faits, dès qu'elle avait été en mesure de lui parler et de devenir un minimum indépendante, et ce malgré le handicap moteur dont elle souffrait depuis son arrivée dans le monde. Une lésion sur sa moelle épinière au niveau dorsolombaire l'avait privée immédiatement de l'usage de ses membres inférieurs à sa naissance. Son père avait toujours refusé le remplacement de ses derniers par des prothèses et, depuis, elle avait accepté son sort, avec l'aide de sa servante et des autres capacités qu'elle avait développées.

L'adolescente, de taille moyenne et d'une minceur extrême, fixait sa compagne de son regard noir. Elle ne portait qu'une fine nuisette bleue de soie luxueuse sur les épaules ; un double sautoir de perles blanches était son seul bijou apparent. Sa petite poitrine n'était pas compressée par le tissu léger, et le galbe parfait de ses courbes était mis en valeur pour quiconque aurait pu la voir. Pourtant, ces contacts avec d'autres personnes étaient rares et limités en des endroits bien définis. Le fauteuil qui la portait et flottait au milieu de la cabine lui permettait de se déplacer aisément où qu'elle veuille aller.

En la voyant ainsi, on aurait pu la croire fragile et dépendante, mais il n'en était rien. Son mental d'acier et son intellect exercé lui avaient souvent permis de montrer sa ténacité et ses grandes capacités à surmonter ses faiblesses physiques. Son caractère autoritaire et son impatience ne lui portaient pourtant pas toujours bénéfice auprès des autres.

La créature métallique à ses côtés était un androïde aux traits féminins très gracieux, presque trop parfaits. Son crâne lisse commençait à dessiner une silhouette faite de courbes arrondies des plus agréables à regarder. La teinte dorée de ses yeux laissait presque percevoir un côté bienveillant et chaleureux, que l'on ne décelait que rarement chez ces machines serviteurs de ce type. Aucun filament, tube ou circuit n'étaient apparents comme souvent parmi ses semblables. La finition de son ossature était parfaite, et seules les séparations entre les plaques de son enveloppe protectrice permettaient de voir les différences d'éclats de lumière qui se reflétaient sur celle-ci. Ses mains délicates étaient dépourvues d'ongles, marquant sa nouvelle distinction avec un humain. Seuls quelques dispositifs lumineux, signes de ses déflecteurs énergétiques protégeant ses servomoteurs indépendants ajoutaient à son apparence humanoïde divergente. Ses pieds étaient eux aussi très fins et exempts d'ongles. Aucun autre artifice à l'image de ses créateurs ne lui avait été adjoint. Généralement, ils servaient surtout à marquer une envie ou un désir plus personnel de donner une tout autre ressemblance aux intelligences artificielles avec un être humain, comme un nombril, des cheveux ou encore des oreilles plus ou moins décollées. Blue n'en possédait aucun, ce qui rendait son modèle tout bonnement unique.

— Blue, lança soudain l'adolescente, qui aimait porter des habits colorés très légers.

— Oui, mademoiselle, lui répondit le drone.

— Quand est prévue notre arrivée chez Père ?

— Dans 12 heures, 31 minutes et 28 secondes, lui indiqua la machine d'une voix chaleureuse proche de la perfection. Le convoi fera trente-huit arrêts de deux à huit minutes aux différents points de passage des blocs d'habitations Ouest entre notre lieu de départ et…

— Bien, bien, je te remercie, ça suffira comme ça, la coupa-t-elle sèchement.

Aujourd'hui, tout particulièrement, Niki Vickers n'était pas d'humeur à dialoguer avec celle qui l'accompagnait partout depuis sa naissance, ou plus précisément depuis sa sortie de l'institut hospitalier où était décédée sa mère après lui avoir donné la vie. Même si, au fil des années, sa compagne protectrice avait subi plusieurs modifications substantielles, en matière d'améliorations tant neuronales que physiques, elle restait la même envers celle pour qui elle avait été créée. Elle était aussi devenue, par la force des choses, sa meilleure confidente. Sa programmation ne lui avait jamais fait défaut, à l'inverse de celle qui aurait dû prendre sa place avant sa mise en service. Sa ligne de conduite ne pourrait pas être mise à mal, où que choisisse d'aller sa protégée, quel que soit l'ordre demandé par la jeune femme.

Niki resta un instant à contempler le robot intelligent de ses yeux d'un noir profond et se remémora ses derniers jours loin de chez elle. Les larmes commençaient à perler sur son doux visage alors qu'elle pensait déjà ne plus pouvoir vivre normalement, après la perte de la seule véritable amie qu'elle avait pu avoir dans ce monde froid et lugubre : Angélique Gauthier. Une jeune femme rousse au tempérament de feu, qui était l'unique camarade de sa promotion à avoir bien voulu passer du temps avec elle, malgré son handicap et sa garde du corps qui ne la quittait jamais.

Il faut dire qu'Angélique aimait faire le pitre, se montrer exubérante quelle que soit la situation, et faire sa rebelle auprès des autres élèves ou de ses professeurs. Un tempérament totalement à l'opposé du sien. Un caractère bien trempé qui lui avait bien évidemment plu, dès leur première rencontre.

Une fois, repensa la jeune femme en esquissant un léger sourire forcé, elle s'était même faufilée dans leur salle de classe pour provoquer un début d'incendie en pleine nuit. Et ainsi leur permettre de s'évader quelques jours loin des études ennuyeuses. Cet « accident volontaire » avait aussi permis aux deux adolescentes de découvrir les dons cachés de Niki, et de les lier bien davantage qu'elles ne l'auraient jamais imaginé auparavant...

Dès lors, les deux amies avaient choisi de vivre des aventures plus ou moins folles dès qu'elles étaient séparées, pendant des séjours dans leur famille respective ou lorsque des situations imprévues ne permettaient plus à leur institut privé d'assurer leur sécurité. Elle grimaça et préféra oublier rapidement les images qui lui revenaient en mémoire de la tentative d'enlèvement en plein jour de leur jeune camarade Emil Hamilton par des hommes armés et cagoulés.

Durant les deux dernières années passées ensemble, Angélique lui avait permis de connaître ses premiers émois amoureux et de découvrir le monde dans lequel elles vivaient, trop souvent loin de l'image idyllique que son père lui en donnait. Celui-ci se bornait à lui faire croire que toute la cité assurait son existence dans le même cocon, auquel seuls les membres de son élite pouvaient aspirer. Elles avaient aussi localisé ensemble des lieux étranges et exotiques, parfois trop sombres pour leurs frêles années.

Hélas, il y a une semaine, après une nouvelle pause familiale, sa meilleure amie avait subitement succombé à des lésions neuronales inexpliquées et à une hémorragie intracérébrale, que les médecins n'avaient pas pu stopper à temps. L'adolescente allait bientôt fêter sa majorité à l'occasion de son seizième anniversaire, sans son ange, et elle ne voyait pas comment ce passage à l'âge adulte pourrait être aussi spectaculaire sans elle. Elle s'interrogeait déjà sur la manière de surmonter ces futures épreuves toute seule...

Pour le moment, cela ne faisait encore que quelques heures qu'elle avait dit adieu à Angie, mais son corps commençait à la trahir, et la fatigue accumulée lors des deux derniers jours sans dormir devenait pesante. La cérémonie funèbre au crématorium Ouest avait été éprouvante malgré le peu de personnes présentes et les échanges rares qu'elle avait pu avoir avec les membres de la famille de son amie et quelques-uns de ses camarades d'académie qui s'étaient sentis obligés d'être là.

Niki ordonna alors à son androïde de l'allonger sur la couchette luxueuse qui bordait l'un des côtés de leur cabine, et commença à fermer les yeux après les avoir essuyés délicatement de sa main gracieuse. Elle voulait se laisser aller à son chagrin et à sa peine une fois encore. Sa constitution fragile, malgré un mental d'acier, la rattrapait aussi. Pourtant, après avoir pleuré plusieurs jours d'affilée, son corps refusa d'obtempérer et lui rappela simplement ses besoins vitaux, indispensables à sa bonne santé.

La machine lui demanda alors :
— Est-ce que vous voulez que je relie la banque de données de ma matrice à votre cortex cérébral, pour vous permettre de vous évader de votre enveloppe charnelle et d'incorporer l'un des mondes virtuels où vous aimez voyager, mademoiselle ?
— Non, Blue, injecte-moi plutôt une dose de tranquillisant et lance une séquence auditive de sédation.
— Très bien, miss Niki, je commence la procédure immédiatement et prépare votre réveil pour notre arrivée.

Quelques secondes s'écoulèrent avant que la jeune adolescente, au tempérament autoritaire et réfléchi, ne finisse enfin par succomber au sommeil, alors que sa gardienne choisissait de passer en mode défensif en activant ses différents capteurs de mouvements, thermiques et auditifs. Elle lança aussi l'une de ses sous-routines programmées pour surveiller les communications du transporteur et des multiples antennes de sécurité des points de passage qu'elles allaient franchir dans les douze prochaines heures.

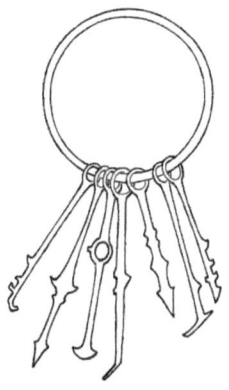

CHAPITRE PREMIER
UN FRIC-FRAC QUI TOURNE MAL

Turbo-City, bourg des Fléaux, 25 janvier 2092

Savannah Wilsey était une jeune femme à la longue chevelure blonde. Ses tifs lisses couraient le long de la veste en cuir noir qui ne la quittait jamais. Un couteau court et une gourde ronde étaient attachés à la ceinture de son pantalon beige en tissu souple. Elle portait également un gant à sa main gauche et tenait des outils de crochetage dans la droite. De petites lunettes ovales, à vision nocturne augmentée, cachaient légèrement ses yeux verts ; de longues cuissardes grises en toile adhérente, un sac épais et lourd en bandoulière ainsi qu'un simple pull bleu outremer à col roulé, truffé de minuscules poches, complétaient sa panoplie vestimentaire du soir.

Son implant neuronal[2] principal était bien visible sur sa tempe gauche. Le secondaire se trouvait sur sa nuque, à la base de sa colonne vertébrale.

Elle vivait de petits maraudages et n'avait pas la réputation d'être une très grande voleuse. Ni très douée, ni trop maladroite, elle avait réussi à survivre dans ce milieu hostile qui était le sien depuis son plus jeune âge.

Pour l'heure, elle avait décidé de s'attaquer à l'appartement d'un ancien membre du gang des *Kass'Têtes* en cet après-midi maussade qui ressemblait à celui de la veille et à tous ceux qui l'avaient précédé durant la période sombre, la saison qui n'est qu'une longue nuit froide sans fin. Il y a quelques semaines, le gang était devenu l'un des fan-clubs d'une équipe de la ligue mineure de Kyfball. On disait ses membres assagis depuis qu'ils soutenaient les guerriers de métal des *Hard Squigs*. Au fil du temps, ils s'étaient même changés en protecteurs de ce bloc, qu'ils avaient pourtant mis tant d'années à mettre à feu et à sang.

La voleuse s'était donc introduite dans le chez-soi de Randy Decker, devenu il y a peu, chef des KT. Cet espace à vivre ne ressemblait pas à un habitacle luxueux. Bien au contraire, il était loin d'être très propre et sentait le renfermé. Une forte odeur âcre s'échappait d'une pièce exiguë, qui devait servir de cuisine. La moisissure y avait élu domicile et le faible éclairage n'aidait pas à vouloir y pénétrer. Après une petite grimace de dégoût, Savannah décida donc de ne pas s'y aventurer, pour ouvrir l'une des deux

---

[2] Une petite puce électronique implantée sous la peau directement reliée au cortex cérébral par une ou plusieurs électrodes. Rechargée lors d'une connexion avec un système électronique externe, elle permet de contrôler ou de lire certains signaux cérébraux et/ou les systèmes reliés.

seules autres portes présentes dans l'appartement. Elle tomba sur des toilettes peu entretenues et referma illico.

Ouvrant la seconde porte, elle tomba enfin sur la chambre de l'individu qui y vivait. Elle s'attarda un instant à scruter la pénombre, à l'affût du moindre indice qui aurait pu la conduire à un piège laissé par son propriétaire.

Elle ne décela rien d'inhabituel et décida donc d'entrer pour fouiller les quelques meubles présents dans la pièce. Elle soupira rapidement, ne trouvant le moindre objet de réelle valeur marchande, et commençait à rebrousser chemin pour se rendre dans l'appartement voisin lorsque, soudain, elle aperçut un petit éclat lumineux rouge venu se répercuter dans son champ de vision. Cela provenait du mur adjacent à la porte.

Elle s'approcha de la lueur en clignant des yeux, pour constater qu'il s'agissait d'un faible rond brillant qui parcourait doucement le papier peint.

Elle poussa un petit cri en comprenant rapidement à quoi elle avait affaire et décida de plonger au sol derrière la couche du propriétaire des lieux. Ce réflexe salvateur lui sauva la vie lorsqu'un premier impact incandescent vint percuter la paroi proche de son visage. Elle souffla en écarquillant les yeux une nouvelle fois quand plusieurs autres impacts touchèrent le lit derrière lequel elle s'était cachée.

« Oh non, merde… », balbutia-t-elle en se décidant à sortir un instant la tête de son abri pour scruter l'extérieur. La fenêtre en plexiverre n'avait pas éclaté en laissant passer les rayons mortels. De petits trous encore chauds étaient visibles, mais elle ne s'attarda pas sur ce détail, pour apercevoir une silhouette furtive sur le toit du bâtiment qui se situait en face de celui où elle se trouvait.

Heureusement que son instinct de survie lui fit retrouver sa place initiale, car un autre faisceau lumineux vint lui passer au-dessus du crâne quelques instants plus tard. Elle tremblota simultanément et réfléchit rapidement aux options qui s'offraient à elle.

Hélas, il n'y en avait guère, et sa seule chance de survie allait être de ramper précipitamment vers la pièce d'à côté pour prendre ensuite ses jambes à son cou en espérant que le tireur rate de nouveau sa cible.

Elle attendit quelques secondes, reprit son souffle et son courage à deux mains et se traîna dans la pénombre jusqu'à la porte entrouverte. Elle fit une pause et décida d'exécuter une petite roulade pour se jeter en avant et passer dans l'autre pièce.

Elle respira plus facilement alors qu'aucun nouveau projectile n'était tiré. Le danger immédiat semblait s'être éloigné. Le mitrailleur avait dû comprendre que sa cible n'était plus visible et devait réfléchir à son tour aux options qui s'offraient à lui.

Elle regrettait déjà d'avoir choisi ce lieu au hasard sans recherche préalable et s'interrogeait sur ce qui venait de lui arriver.

Elle fut rapidement sortie de ses interrogations lorsqu'elle entendit de l'agitation provenant du couloir de l'étage où elle se trouvait.

Elle décida de mettre le nez légèrement dehors sans faire de bruit, et aperçut aussitôt deux silhouettes hostiles à l'autre bout sur sa gauche. Deux hommes armés de barres de fer cloutées à leur extrémité s'approchaient en courant vers elle, alors que d'autres semblaient déjà se trouver derrière eux en renfort. L'un d'entre eux cria : « Il y a quelqu'un, là-bas ! Hé, les gars. Par ici ! Magnez-vous ! Elle s'enfuit. Plus vite !!! »

Une fois encore, ses choix étaient restreints : foncer tête baissée vers les nouveaux venus, rebrousser chemin pour essayer de prendre les escaliers de secours présents à l'extérieur ou entrer dans un autre logement.

Elle n'eut pas à décider, car elle vit une porte s'ouvrir un peu plus loin sur sa droite.

Elle se précipita dans cette direction, d'où sortait une vieille femme maigrichonne et terriblement ridée, dans ce qui devait être une robe de chambre rose trop petite pour elle. Elle poussa un cri aigu lorsque la jeunette la bouscula pour entrer chez elle sans aucune forme de présentation, si ce n'est un petit « Désolée, madame, mais j'ai besoin de passer ! »

La maîtresse de maison se rattrapa comme elle le put au rebord de sa porte et vit la jeune voleuse blonde ouvrir rapidement la fenêtre à l'autre bout de son salon et se précipiter pour descendre l'échelle rouillée qui se trouvait sur son côté.

Les deux hommes qui la suivaient eurent moins d'égard envers la pauvre dame, qui se retrouva sur les fesses après qu'ils l'eurent bousculée pour entrer chez elle à leur tour.

Savannah se laissa rapidement glisser jusqu'au sol, sans grande difficulté. Elle avait déjà opéré ce type de cascades plus souvent qu'elle ne l'aurait voulu par le passé. Et une fois encore, elle sentait les ennuis la poursuivre.

À l'aller, elle avait emprunté les égouts d'une ruelle proche qui n'était pas la proue des Squat-Sewers. Ces derniers avaient élu domicile dans les bas-fonds glauques de la ville et arpenté les anciennes canalisations sanitaires à l'abri des regards du monde, bien loin d'être aussi accueillants que les Metropolitans[3]. Les deux populations restaient les maîtres, du moins les seuls habitants dans une majorité des blocs des quatre quartiers de la mégapole.

Le danger était bien réel à ses trousses, et elle n'avait croisé aucun signe de vie entre son trajet depuis sa planque dans un immeuble abandonné du quartier Nord de la zone 53 et son lieu d'arrivée en lisière de la frontière Sud.

Il s'agissait donc de sa meilleure chance de survie, même si sa connaissance des toits de la cité avait été l'un de ses atouts pour fuir le danger par le passé.

Elle entendit des bruits de moteur de divers véhicules vrombir à l'unisson non loin de là où elle se trouvait, alors que des râles sauvages se répercutaient déjà tout autour du bloc d'habitations. Quelques cris de panique se mêlaient aussi au brouhaha qui s'amplifiait.

Mais sans prendre le temps de s'attarder plus que cela, et sans vraiment y réfléchir, elle décida donc de passer par le même che-

---

[3] Habitants plus civilisés, qui vivent dans les anciennes galeries ferroviaires, rebâties en petites bourgades souterraines indépendantes disséminées dans tout Turbo-City.

min, en commençant à courir à vive allure vers la plaque d'égout qu'elle espérait avoir laissée ouverte pour une urgence comme celle-ci.

La jeune femme regrettait déjà amèrement d'avoir choisi le bourg des Fléaux comme nouvelle destination d'activités nocturnes. L'appât du gain et sa soif d'aventures avaient été, une fois de plus, bien plus forts que la simple raison.

À l'autre bout de la ruelle sombre, les membres des *Kass'Têtes* commençaient déjà à s'organiser en petits groupes et essayaient de comprendre ce qui venait d'arriver.

Ils se répartissaient les tâches, autour de plusieurs individus lourdement armés. L'un d'eux cria d'aller prévenir leur boss de la tentative d'assassinat qui venait d'avoir lieu. Un autre demanda que les véhicules soient regroupés pour poursuivre les salopards qui s'en étaient pris à eux. Alors qu'un dernier commençait à fournir des armes blanches à la plupart d'entre eux.

On entendit soudain une forte explosion venant d'un des toits proches du lieu de rassemblement. La bande hurla en voyant de la fumée monter de l'immeuble en face de celui où avait pénétré la jeune voleuse. Certains individus se précipitèrent, alors que d'autres détonations se faisaient entendre successivement à quelques secondes d'intervalle.

Lorsque Savannah Wilsey sauta dans la bouche d'égout, elle ne remarqua pas la silhouette lourdement armée à quelques dizaines de mètres de sa position. Cette dernière rejoignait d'un pas décidé l'habitacle ovoïde d'une navette monoplace caché dans un cul-de-sac adjacent.

Bien trop déterminée à sauver sa vie, elle s'engouffra dans l'obscurité du bourbier souterrain…

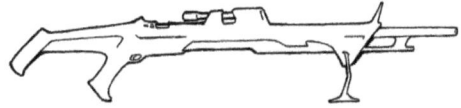

CHAPITRE DEUX
FUITE EN AVANT

Turbo-City, bourg des Fléaux, 25 janvier 2092

Savannah courait à perdre haleine depuis près d'une vingtaine de minutes lorsqu'elle décida enfin de faire une petite pause. Elle s'accouda sur le mur de briques complètement crasseux qui suintait la moisissure, tout en scrutant l'embranchement qui s'offrait à elle.

Elle savait avoir un peu d'avance sur ses poursuivants, sans doute peu habitués à déambuler dans le cloaque dans lequel ils se trouvaient. Le moment était donc à la réflexion et aux interrogations multiples. Elle élucida rapidement le problème du tireur, qui l'avait a priori confondue avec le vrai propriétaire des lieux, même si un léger doute persistait. À la recherche d'une croix laissée en guise de repère lors de son passage aller, sur l'un des murs du croisement, sa main non gantée tâta les aspérités les plus proches, juste au-dessus du faible niveau de liquide croupi qui coulait encore dans la galerie. La fuyarde la retrouva rapidement et songea un instant à rejoindre sa petite tanière personnelle en continuant droit devant, mais décida pourtant qu'il serait plus judicieux, pour le moment, de prendre vers la gauche et de poursuivre vers la périphérie du bourg des Fléaux et de celle du hameau de la Bouffonnerie, où s'agglutinaient des établissements de spectacle en tous genres.

La jeune femme avait à peine vingt ans et avait toujours mené une existence solitaire dans la rue. Elle n'avait jamais connu ses parents, qui l'avaient abandonnée à l'entrée d'un temple religieux quelques jours après sa naissance. Elle y avait vécu jusqu'à ses onze ans, entourée d'autres orphelins dans la même situation. Les disciples l'appelaient « Quatre cents coups », car elle ne ratait jamais une occasion pour chaparder un morceau de nourriture ou une breloque appartenant à l'un d'entre eux. Il lui arrivait parfois de subtiliser aussi la possession d'un visiteur du monastère qui s'était montré peu respectueux envers ses amis ou ce lieu, qui resterait toujours comme sa seconde maison.

Même si, un jour, elle avait décidé qu'il était temps d'explorer le monde à sa manière et de quitter cet endroit trop exigu et monotone à son goût.

Mais avant de partir, elle avait ramassé l'intégralité de son butin, et l'avait déposé devant l'autel principal en inscrivant quelques mots de remerciement à l'attention des frères et des sœurs qui l'avaient toujours bien traitée et lui avaient permis d'apprendre les choses primordiales, comme la lecture, la cuisine ou la mécanique. Ils lui avaient aussi enseigné des préceptes un peu obscurs sur le grand sauveur qui reviendrait un jour pour tous leur donner une vie meilleure.

La jeune fille préférait s'exercer à des activités manuelles durant son temps libre et grimper aux murs ou sur les diverses statues du temple. Cela contrariait bien évidemment les religieux lorsqu'elle le faisait en dehors des plages de corvées obligatoires. Mais, outre une satisfaction personnelle certaine, cela lui avait aussi permis de parfaire ses aptitudes physiques et athlétiques.

Par la suite, lorsque les provisions se faisaient trop rares, elle s'était souvent réfugiée dans des foyers pour sans domicile fixe ou jeunes délinquants dans des zones sécurisées du quartier Nord de la ville. Pourtant, elle n'y restait jamais très longtemps et préférait la vie en solitaire. Ces endroits étaient, pour la plupart, des nids à embrouilles plutôt qu'autre chose, et s'y attarder risquait souvent d'attirer plus de problèmes que de bienfaits.

Vivant de petits larcins et de troc, la jeune femme s'était toujours interdit d'offrir son corps et ses charmes, même contre des repas chauds ou une nuit, voire plusieurs, loin des nombreux dangers qui rôdaient continuellement dans les rues.

Il lui était pourtant arrivé une seule fois de tomber sur un individu très généreux qui lui avait demandé d'accepter sa compagnie temporairement, pour une expérience inédite. D'abord sceptique, l'attrait de passer quelques jours dans l'un des quartiers sécurisés de la zone Est l'avait emporté. De plus, elle aimait toujours se rendre dans ce district, qui regorgeait d'endroits propices aux vols.

Elle y avait d'ailleurs réalisé ses plus grandes réussites. Finalement, le prénommé Wallace Wearp avait pris plusieurs empreintes de son visage et de ses mains pour l'une de ses futures créations d'ingénierie artistique, comme il lui avait présenté. Rien de plus.

Son rêve secret serait de pouvoir dégoter un jour un véritable drone d'ancienne génération pour en faire son compagnon de jeu, fidèle et discipliné, prêt à prendre tous les risques pour elle. Lui permettant aussi de découvrir des endroits de cette cité, si immense qu'elle ne pourrait jamais les atteindre sans aide. Bien sûr, cela n'arriverait sans doute jamais, à moins que la chance ne tourne vraiment en sa faveur ou qu'elle ne tombe sur l'un des rares entrepôts abandonnés qui regorgerait de trésors des plus exceptionnels.

Elle pensait à sa silhouette sautillant au vent sur l'un des gratte-ciel qui pouvait être aperçu dans la zone protégée des quartiers riches de Turbo-City ; un clapotis lointain la fit sortir de sa rêverie passagère. Ses sens pleinement en alerte, son corps svelte était désormais assez oxygéné pour reprendre sa fuite.

Elle alluma de nouveau le faisceau-lampe dissimulé dans son gant en reprenant une dernière fois son souffle. Après une très longue inspiration, elle s'engouffra donc dans le tunnel de droite.

Après une bonne demi-heure à déambuler sans but précis, la jeune femme se permit une nouvelle pause forcée, car une voie sans issue se trouvait devant ses yeux.

Un éboulis récent avait obstrué le passage droit devant et elle allait devoir rebrousser chemin, à moins qu'elle n'arrive à se faufiler entre les pierres entassées dans le tunnel. De petits tremblements fugaces semblaient faire vibrer la roche tout autour.

Approchant pour mieux appréhender l'amas de rocs argileux et de débris d'acier, elle sentit une secousse au-dessus de sa tête. Elle eut à peine le temps de reculer que plusieurs morceaux de pierres tombèrent du plafond et vinrent plonger dans le liquide saumâtre à ses pieds.

Sa main se dirigea d'emblée vers l'ouverture qui s'offrait à elle alors qu'un hurlement rauque se faisait entendre dans le lointain.

Elle frissonna aussitôt et ne put s'empêcher de blêmir davantage lorsqu'un autre cri perçant vint frapper ses oreilles.

Ses poursuivants devaient gagner de précieuses secondes, qui les rapprochaient de leur proie. Mais son hésitation à enjamber le tas de pierres pour se faufiler dans l'ouverture au plafond grandissait à mesure que des bruits de petites explosions et d'éclats de verre brisé se répercutaient maintenant à travers le cul-de-sac.

Elle pesta de nouveau contre le sort qui semblait s'acharner sur elle aujourd'hui et décida pourtant de grimper droit dans le trou étroit.

Dans l'un des tunnels derrière elle se trouvait un groupe de cinq individus tatoués, lourdement équipés de barres de fer et d'armes blanches aux longues lames aiguisées. Aussi munis de lampes torches à faisceau vert, ils couraient en file indienne, en se haranguant les uns les autres quant au sort qu'ils allaient réserver à la jeune traînée qui avait voulu s'en prendre au chef de leur gang.

L'un d'eux fit un signe de la main pour qu'ils s'arrêtent alors qu'il était en liaison radio avec la surface. Tous le regardèrent, intrigués quant à savoir ce qu'il advenait de leurs camarades au-dessus de leurs têtes.

— Oui, Bram, ici Gover, je t'écoute. Qui y a-t-il ? demanda l'homme d'une trentaine d'années à la mine burinée et à la longue barbe.

Plusieurs grésillements plus ou moins forts se firent entendre dans le casque grossier qu'il portait à son cou lorsque enfin une voix aiguë répondit :

— Nous sommes poursuivis par un… une navette bizarre qui nous tire dessus. On a déjà perdu Rosco et Jesse. Je ne sais pas…

Un bruit sourd explosa soudain dans le vox audio, avant que la liaison ne soit totalement interrompue.

— Putain de merde ! hurla l'un des compagnons de Gover.

Un individu pas plus grand qu'un enfant, maigre, à la chevelure blanche clairsemée et qui était armé d'une longue lance javeline presque plus épaisse que lui.

Un autre de ses camarades vint poser une large main calleuse sur l'épaule du nain.

— Calme-toi, Cooter. Tu sais bien que les gars vont pas se laisser faire comme ça et qu'ils vont déboîter la tronche à ces enfoirés !

Les deux femmes qui complétaient le groupe se regardèrent en se mettant à rire grassement. Elles avaient des dégaines masculines, que ce soit la grande rousse ou la grosse blonde, arborant une dentition et une couche de crasse sur leur visage qui en auraient fait fuir plus d'un. Et ce ne sont pas leur barre de fer cloutée à la main ou leur poitrine à moitié apparente sous leurs épais trench-coats en peau qui allaient inverser la tendance, loin de là.

— Non, mais, les gars, lança Daisy, la rouquine.

— On s'en fout, continua Dutch en s'esclaffant plus fort.

— On a déjà une petite pute dont il faut s'occuper.

Leurs trois compagnons les regardèrent d'un air ahuri, en grognant l'un après l'autre en guise d'approbation.

— Ouais, les filles ont raison, renchérit Gover en glissant le casque à la base de son cou. On verra ça plus tard ; pour le moment, on a déjà de quoi se marrer et faire la fête.

Le groupe poussa un cri rageux en guise de ralliement et se lança de nouveau à la poursuite de sa proie.

Savannah entra dans une pièce exiguë tout en longueur, à moitié dévastée par des flammes qui se propageaient tout autour d'elle. La fumée commençait à s'étendre rapidement dans le moindre espace libre et elle dut déplier son col épais et tirer au maximum dessus pour se protéger le visage des émanations nocives.

Ses yeux la picotaient déjà. Elle fit attention en traversant ce qui lui paraissait être un ancien bureau ou une vieille salle de réunion sens dessus dessous. Quelques tubes à néon clignotaient encore au plafond alors que diverses petites explosions se faisaient de nouveau entendre au loin dans le bâtiment qu'elle venait d'investir. Ce dernier semblait abandonné depuis des années, car elle ne perçut aucun cri ou appel à l'aide provenant des étages supérieurs ou des pièces adjacentes.

Elle parvint finalement à monter d'un palier par un escalier métallique en colimaçon qui se trouvait dans le couloir jouxtant la salle.

Les secousses se firent plus rares et la lumière un peu plus présente à mesure qu'elle grimpait encore d'un étage puis de nouveau d'un autre. Sans se soucier de ce qui pourrait être présent à ces niveaux ni des bruits de verre brisé ou des objets qu'elle entendit tomber durant sa montée, la pickpocket continua sa progression.

La fumée se dissipa lors de son ascension et, finalement, elle arriva au bout de l'escalier après avoir grimpé deux nouveaux étages.

Elle retira enfin son col roulé, tendu jusqu'à son nez, pour reprendre de longues bouffées d'air, avant d'enlever ses lunettes pour les ranger dans l'une de ses poches de veste.

La lumière était totalement opérationnelle à cet étage et il lui fallut quelques secondes pour s'adapter à la brusque clarté.

Soudain, en clignant des yeux, elle fut prise d'un léger spasme, qui la traversa de la tête aux pieds. Elle sentit une chaleur l'envahir jusqu'à l'extrémité de ses jambes. Sa vision se brouilla et elle ressentit des picotements venant de l'arrière de son crâne.

Elle posa une main sur la paroi froide du mur qui se trouvait à sa gauche et respira par à-coups. Elle toussa lorsqu'une seconde convulsion toucha ses poumons.

Un fin filet de sang perla de sa narine droite et l'un de ses doigts vint machinalement l'essuyer. Elle se concentra et plissa des yeux pour s'apercevoir qu'il s'agissait bien de son propre fluide.

Elle sortit un petit morceau de tissu de l'une de ses nombreuses poches, dissimulées dans les plis de son pull, et le porta à son nez.

Après l'avoir essuyé, toussant de nouveau, elle le rangea à sa place d'origine en s'interrogeant sur ce qui venait de lui arriver.

Elle sentit des picotements dans ses deux jambes, qui commençaient à se raidir dangereusement. Des crampes la gagnèrent soudainement, puis disparurent presque aussitôt. Même l'afflux sanguin qui avait tapé dramatiquement ses tempes quelques secondes plus tôt commençait déjà à calmer son ardeur.

Alors qu'elle était parcourue par un nouveau frisson, sa vision lui revenait peu à peu, et le voile qui était instantanément apparu s'effaça aussi rapidement qu'il l'avait gênée auparavant.

Elle ne s'aperçut pas que, durant le laps de temps écoulé, l'index de son autre main avait tapoté de plus en plus frénétiquement la paroi métallique du mur où elle s'était reposée, comme pour marteler un message.

« Putain de fumée toxique, j'ai dû en avaler quelques bouffées malgré moi », se dit intérieurement la jeune femme, qui se remit pleinement debout en regardant le couloir qui lui faisait face.

Une forte explosion se fit alors entendre aux étages inférieurs et cela lui permit de revenir à la réalité immédiate et de se concentrer de nouveau sur sa situation toujours très incertaine.

Elle reprit donc sa marche en avant d'un pas déterminé, pour se retrouver face à une solide double porte métallique fermée.

Ses connaissances des systèmes d'ouverture lui permirent de localiser facilement le panneau d'enclenchement électronique qui se trouvait sur le sommet d'un petit pilier mal éclairé sur le côté d'un battant.

Après s'en être approchée, elle tapota quelques instants sur le clavier rudimentaire qui y était logé, lui permettant de deviner aisément que cette ancienne technologie avait depuis longtemps été oubliée et remplacée par de nouvelles avancées techniques bien plus sécurisantes.

Savannah pouffa pour elle-même et sortit son kit de crochetage pour dévisser rapidement le panneau et mettre au jour des branchements rudimentaires.

Elle coupa et dénuda quelques fils, pour les placer en contact de manière opposée les uns avec les autres.

Le résultat fut immédiat et un cliquetis se fit entendre en provenance de la porte. Des pistons se mirent en branle et un appel d'air emplit le couloir lorsque les deux battants coulissèrent pour lui laisser la voie libre.

La crocheteuse souriait encore en rangeant son matériel dans sa veste ; elle s'avança vers l'entrée.

Des lumières d'un blanc soutenu s'allumèrent aussitôt dans la grande pièce, à présent accessible. Elle eut un peu de mal à adapter sa vision à cette intensité presque aveuglante après avoir passé plusieurs heures dans l'obscurité persistante.

Pourtant, elle écarquilla largement les yeux de dégoût mêlé de surprise en voyant l'intérieur de la salle où elle venait de pénétrer.

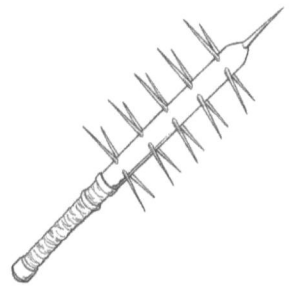

INTERLUDE PREMIER
LIBRE

Turbo-City, usine abandonnée, 25 janvier 2092

Le système de sécurité mis en sommeil depuis des décennies venait de s'activer de nouveau et de sortir de sa veille prolongée lorsqu'un capteur de mouvement s'activa dans le périmètre extérieur.

Le programme avait aussitôt décelé une brèche dans la sécurité de son protocole alpha prioritaire. Il lança par erreur un compte à rebours, qui s'enclencha automatiquement dans l'ensemble des systèmes présents dans le bâtiment. Tous les étages furent par conséquent touchés au même moment.

Une faille de ce type n'avait pu être causée que par une ou plusieurs intrusions externes. Faute d'un ordre contradictoire de la part du personnel de l'usine pour annuler le protocole démarré, l'autodestruction des installations allait être totalement effective en deux phases de quarante-cinq puis trente-cinq minutes avant le décompte final de soixante secondes.

Le complexe était à l'abandon depuis de très nombreuses années et les personnes qui y avaient travaillé devaient être décédées ou sérieusement proches de l'être. La poussière et de rares insectes y avaient élu domicile depuis belle lurette, bien avant que la majorité des machines présentes n'eussent épuisé leurs batteries depuis longtemps. Seules les plus importantes bénéficiaient encore d'alimentation électrique secondaire, alors que les veilleuses de sécurité étaient pour ainsi dire les uniques sources d'éclairage encore actives sur les six étages, dont deux en sous-sol, de l'imposante bâtisse aux murs épais et aux parois parfois renforcées à l'acier brut.

Les minutes s'égrenèrent donc sans qu'aucun contrordre soit donné pour arrêter l'autodestruction du bâtiment ; la première explosion eut lieu au premier étage puis une autre quasi simultanément au deuxième sous-sol avant que les déflagrations ne s'enchaînent sur tous les paliers en dehors du dernier.

Le sol se mit à trembler, des plaques de béton tombèrent et s'entrechoquèrent les unes les autres, alors que les meubles et le matériel stocké dans l'usine se brisaient ou étaient réduits en bouillie. Les flammes se propagèrent rapidement à tous les niveaux en scellant la fin, maintenant programmée, du complexe.

Des poutres se fissurèrent, et certains plafonds cédèrent sous le poids du mobilier présent aux étages supérieurs. Quelques canalisations éclatèrent sous la chaleur, et les couches inférieures offrirent des brèches dans les colonnes extérieures dédiées aux évacuations sanitaires. Le verre explosa un peu partout et les matériaux en papier ou en plastique furent rapidement réduits en cendre ou soufflés par le feu. Le chaos commençait à régner de toute part, au fur et à mesure que les minutes s'écoulaient.

Dans l'immense laboratoire qui constituait l'intégralité du troisième étage, plusieurs tubes de tailles différentes étaient présents. Ils contenaient des formes humanoïdes, ovoïdes ou reptiliennes, cohabitant dans des appareillages de diverses configurations et de couleurs disparates, reliés au plafond ou au sol par leur base lumineuse. La chaleur augmenta pour faire fondre certaines parois, et du fluide perla doucement des cabines de conservation ou de cryogénisation.

Dans l'une d'entre elles, une forme à la peau épaisse et écailleuse, à la teinte étrangement pourpre ouvrit brusquement les yeux, d'un blanc totalement vitreux. Sa prison de verre commençait à se fêler dangereusement. Le liquide qui s'en écoulait sur le sol vint éteindre peu à peu l'incendie, qui avait arrêté de se propager dans cette grande galerie. Des explosions de vapeur chaude finirent par faire disparaître les dernières flammes, alors que la bête à l'intérieur du tube continuait à bouger à mesure que les électrodes implantées dans tout son corps tombaient, les unes après les autres, à même le sol de sa cage.

Le monstre tenta de hurler, tant sa douleur était insupportable, mais il ne réussit qu'à émettre un petit son strident, inaudible en raison du vacarme qui régnait tout autour de lui.

Une grande langue rosâtre sortit de sa gueule et de la bave en coula instantanément en de longues gouttes fluides et collantes.

Il reprenait conscience peu à peu, mais ses globes oculaires restaient complètement ouverts. Ses pattes arrière ressemblaient à celles d'un lourd batracien, alors que ses deux membres supérieurs se terminaient par quatre doigts comportant des griffes effilées.

Lorsque le tube fut enfin entièrement vidé, il distendit ses muscles inférieurs et se jeta contre la vitre pour la briser totalement, dans un bond surhumain, se libérant finalement de son long emprisonnement.

Il adopta aussitôt une position presque verticale et mit tous ses sens en branle pour observer son environnement et renifler la moindre odeur, entendre les craquements alentour ou ressentir un air chauffé à blanc sur sa peau épaisse recouverte d'une membrane écailleuse.

Il lui fallut quelques minutes pour reprendre de la vigueur, alors que l'afflux de sang circulait de nouveau normalement dans tout son corps.

La bête, dont la peau était encore légèrement visqueuse, tourna brusquement la tête lorsqu'il entendit plusieurs voix hostiles venues du dessous.

Les cinq membres de l'ancien gang des *Kass'Têtes* durent faire plus ou moins d'efforts pour se hisser à l'intérieur de la bâtisse, par la minuscule ouverture qui s'était offerte devant eux, lorsqu'ils étaient arrivés dans l'impasse qu'avait empruntée la jeune voleuse qu'ils poursuivaient.

Ils avaient décidé d'envoyer Cooter en éclaireur mais, après plusieurs minutes d'attente sans avoir de ses nouvelles, Gover avait choisi de scinder le groupe restant en deux. Dutch et Daisy allaient s'occuper des étages supérieurs alors que Grandd et lui allaient essayer de retrouver leur compagnon en se chargeant des niveaux inférieurs.

Tous acceptèrent et les deux femmes se lancèrent aussitôt dans la montée d'un escalier en colimaçon tout proche en poussant des petits cris de joie. L'énorme individu qui se tenait à côté du chef de meute commença à avancer à travers les flammes qui se présentaient devant lui.

Il balayait les différents rebuts qui se trouvaient devant son passage comme de vulgaires morceaux de papier, et Gover lui emboîtait le pas aisément en observant les murs ou les sols qu'ils traversèrent pendant de longues minutes.

Soudain, il stoppa net sa progression et son acolyte faillit lui rentrer dedans de plein fouet.
— Ah ! Merde, Grandd, qu'est-ce tu fous ?

Le colosse ne répondit rien et pointa son doigt vers un morceau de mur tombé au sol.

Son compagnon regarda dans la direction indiquée et se rapprocha de ce qui semblait être un corps totalement broyé par le poids d'une longue poutre métallique.
— Putain de nom de Dieu. Cooter ! C'est pas possible. C'était une crevette et il a quand même réussi à se prendre un truc énorme sur la tronche !
— Ouais, y fait la crevette morte, là ! s'esclaffa l'autre.

Gover lui lança un regard noir en grognant avant de lui montrer de la main un couloir non loin d'eux, pour lui faire comprendre de repasser devant. Il attrapa au passage la petite torche électrique du défunt, seul objet encore entier qui avait dû rouler sur quelques mètres lors de l'accident fatal, et emboîta le pas à son grand acolyte.

Le monstre reniflait à mesure qu'il avançait dans la pénombre, en bondissant parfois sur quelques mètres pour éviter les flammes ou un obstacle qui se présentait devant lui. Son corps était moins engourdi qu'à son réveil et ses sens fonctionnaient parfaitement, mais il était tiraillé par une étrange sensation, une sensation de faim. Il fallait qu'il épanche ce manque pour qu'il puisse enfin retrouver toutes ses forces.

Il grogna une nouvelle fois de frustration, ne trouvant pas la moindre nourriture à se mettre sous la dent dans le petit espace qu'il venait d'investir.

Brusquement, il tourna la tête en dilatant au maximum ses pupilles. Un bruit aigu s'était fait entendre non loin de sa position. Il bondit dans cette direction alors qu'un autre son se répercutait dans son crâne.

Derrière un léger nuage de fumée, il aperçut enfin des silhouettes humaines, que son instinct animal désigna tout de suite comme des proies à attaquer.

Sa langue fouilla l'air et il sauta vers elles.

Daisy et Dutch avaient inspecté un premier étage sans trouver quoi que ce fût d'intéressant à se mettre sous la dent. Elles piaillaient l'une contre l'autre, soupirant de ne pas avoir encore retrouvé la « pétasse blonde ».

Arrivées au palier suivant après avoir monté un escalier à moitié défoncé, elles commençaient à baisser leur garde et avançaient sans trop se soucier du moindre danger qui aurait pu se présenter devant elles.

Daisy ricana en invectivant sa compagne blonde :
— Hé, chérie, tu crois qu'on va la retrouver, cette petite pouffe ?
— Ouais, t'inquiète pas, on va lui faire la peau comme il faut, à celle-là.
— Hum, j'espère, parce que je commence à avoir envie de gerber, là.
— T'as raison, moi aussi. Ça pue par ici, je te raconte même pas ! La prochaine fois qu'il nous dira que ça schlingue dans notre piaule, je te l'envoie chier comme pas deux, l'espèce d'enfoiré !

Elles éclatèrent de rire simultanément, sans apercevoir la forme qui les fixait du regard depuis plus d'une minute en se rapprochant furtivement, sans un bruit.

Daisy réajusta le col de son manteau et fit tourner sa barre de fer dans sa main droite lorsque, soudain, elle aperçut enfin la bête sauter de derrière une large armoire qui obstruait leur chemin sur la gauche.

L'animal se réceptionna sur une petite machine électrique à moitié rouillée, qui bascula aussitôt lorsqu'elle fit un nouveau bond en direction de sa première proie.

La crasseuse aux cheveux roux émit un hurlement strident en la voyant se précipiter dans sa direction. Elle leva son arme en essayant de reprendre le contrôle de ses émotions, alors que l'afflux de sang dans ses tempes l'aidait à effectuer la position défensive adéquate.

Bien cambrée sur ses jambes, elle attendit que le monstre se soit rapproché pour tenter de lui asséner un coup d'estoc avec son arme.

Malheureusement pour elle, l'animal était plus rapide et avait déjà anticipé son attaque en faisant un mouvement de côté pour l'éviter.

Il frappa dans la cuisse la plus proche, et ses griffes acérées firent plusieurs entailles dans la chair à peine protégée.

Le sang gicla et sa proie hurla sa souffrance.

La bête ne s'arrêta pas et se releva si vite pour son adversaire que sa seconde attaque fit de nouveau mouche aisément. Cette fois-ci, le bras armé fut sectionné en un seul coup tranchant, juste en dessous du coude.

Écarquillant les yeux de douleur, elle poussa un cri de courte durée lorsque le fauve inhumain la percuta de tout son poids et la fit basculer en arrière. Son corps toucha le sol dans un bruit sourd étouffé.

Sa compagne, qui était restée immobile depuis l'attaque éclair, fit un pas de côté et se précipita dans les flammes qui couraient derrière elle, laissant la malheureuse aux mains de son bourreau.

Elle ne prit pas le temps de s'arrêter, alors que Grandd et Gover venaient d'apparaître au coin d'un couloir proche, trop absorbée à monter les marches de l'escalier qui se présentait droit devant.

Elle ne put pas non plus entendre les spasmes d'agonie de sa compagne, alors que ses entrailles étaient mises au jour par le monstre qui enfouissait déjà sa gueule dans les viscères chauds de sa victime.

La gueuse avait fini par succomber en quelques secondes alors que la bave, la chair tendre et le sang s'entremêlaient entre les crocs de son vainqueur. Ce dernier fouilla sa prise comme un affamé et se reput de ses organes comme autant de mets délicats qui lui avaient échappé depuis des décennies.

Gover et Grandd furent surpris en voyant leur camarade féminine prendre ses jambes à son cou et disparaître rapidement vers l'étage supérieur, tel un vulgaire pleutre qui fuit le danger sans demander son reste.

Le premier lui lança un juron à propos de sa mère en crachant sur le sol, alors que son compagnon le regardait faire sans ajouter quoi que ce fût. Il tourna la tête vers la direction opposée et leva son lourd maillet en poussant un cri de rage avant de s'y engager.

Hésitant encore un instant, le plus petit des deux hommes sortit son pistolaser de son holster sous son aisselle gauche et enclencha le cran de sûreté. Un léger vrombissement s'échappa de l'arme activée.

Le colosse marcha d'un pas lourd droit devant lui, sans se soucier des flammèches qui léchaient ses bottes ou des diverses vapeurs émanant de substances toxiques alentour.

Il fut rapidement en vue du cadavre de son ancienne compagne, qui continuait à être dépecé méthodiquement par l'animal penché sur sa proie.

Le géant s'arrêta un instant pour montrer la forme à son camarade, qui ralentit pour s'approcher sur le côté et opina de la tête en la mettant en joue.

Gover reprit sa respiration en avançant calmement pour avoir le meilleur angle de tir. Sachant que son arme n'était efficace qu'à courte portée, il dut faire quelques mètres supplémentaires pour pouvoir blesser mortellement le molosse, qui se dessinait entre les ombres et la fumée.

Encore quelques pas et son sang se glaça aussitôt lorsque le visage du monstre lui apparut. Ce dernier tourna son regard vide injecté de sang dans sa direction, alors que la scène qui s'offrait à ses yeux était bien plus éprouvante que tout ce qu'il avait pu affronter par le passé. Les bagarres de rue, les combats entre bandes rivales ou fan-clubs ennemis n'étaient en rien comparables à la sauvagerie à l'état brut dont il était le témoin. Aucun de ses adversaires ne se serait repu des entrailles de l'un d'entre eux. Il se sentit défaillir. Pourtant, il réussit à appuyer sur le déclencheur de son arme. Le faisceau lumineux légèrement bleuté traversa l'espace les séparant instantanément et vint brûler les chairs de la bête en plein thorax.

Hurlante et se relevant rapidement, elle n'eut pas le temps de contrer l'attaque arrivée de son flanc gauche. Grandd rugit toute sa colère en abattant son long marteau dans l'épaule du monstre. Les os craquèrent alors que l'arme s'enfonçait dans la chair.

Gover en profita pour se rapprocher davantage du combat qui venait de s'engager alors que son pistolaser se rechargeait en énergie destructrice.

L'animal réussit pourtant à se remettre partiellement debout alors que son adversaire direct, suant à grosses gouttes, soulevait de nouveau son maillet pour lui asséner un autre coup.

Un second faisceau bleuté lui brûla le milieu de la cuisse droite en cautérisant presque instantanément, laissant une plaie fumante sur le membre inférieur.

Mais cela ne fut pas suffisant pour le ralentir, il réussit à se dégager vers l'arrière pour éviter la lourde masse brassant l'air devant sa gueule ouverte.

Il attrapa les deux bras de l'homme devant lui en les serrant pour s'en servir d'appui. Et fit ensuite un petit bond sur place pour que ses deux pieds viennent se coller aux cuisses de Grandd, qui eut un mouvement de recul en s'étonnant de voir le monstre réaliser cette figure inédite. Le géant sentit une pression sur ses deux jambes alors que des griffes s'y plantaient profondément.

Le colosse grogna alors que les ongles acérés de l'animal se fichaient aussi dans ses poignets. Il lâcha sa massue quand la bête poussa simultanément sur ses jambes et tira sur ses bras. La sueur perla de son front pendant qu'il luttait de toutes ses forces pour garder ses membres attachés à son corps.

Hélas, pour le malheureux, ses jointures commencèrent à craquer, les tendons et les muscles, étirés à leur maximum, finirent par céder presque en même temps. Et ses deux bras furent arrachés de son tronc lorsque le monstre poussa une dernière fois sur ses jambes pour effectuer un saut vers l'arrière.

Le colosse tomba aussitôt à genoux. De longues gerbes de sang giclèrent de ses épaules, et sa tête percuta le sol dans un grand fracas quelques instants plus tard, la vie ayant quitté son corps.

Le monstre lâcha ses prises et retourna toute son attention vers l'autre humain, qui le tenait toujours en joue.

Il reçut un nouvel impact incandescent au milieu des côtes, mais il eut un petit rictus de contentement lorsque son corps absorba la blessure. Les plaques d'écailles brunirent sous le tir, mais restèrent presque intactes.

Il se redressa doucement, alors qu'un autre faisceau lumineux venait percuter sa chair, à quelques centimètres de la plaie précédente sans pour autant le faire broncher plus que cela.

La bête paraissait même prendre plaisir à tout cela et était comme immunisée à la douleur, alors que l'arme énergétique était maintenant d'une trop faible puissance pour vraiment lui causer une blessure importante.

L'homme jura finalement en faisant volte-face et entreprit sa course dans la direction opposée, alors que, derrière lui, la bête se jetait en avant pour fendre l'air.

CHAPITRE TROIS
L'ANTRE DE L'HORREUR

Turbo-City, laboratoires Ozarks, 25 janvier 2092

Savannah Wisley fit l'effort de contenir son dégoût et sa rage alors que des dizaines de tubes à essai, d'éprouvettes et de bocaux en tous genres et de toutes dimensions étaient présentes dans l'immense laboratoire dans lequel elle venait de s'introduire.

Il y avait aussi de très nombreux caissons à taille humaine, et quelques autres encore, bien plus imposants, aux quatre coins de la salle.

À l'intérieur, elle put apercevoir des membres humains plus ou moins bien conservés. De plus, il y avait des morceaux d'animaux qu'elle ne connaissait pas et certains corps qui semblaient être un mixte des deux, voire des trois lorsque, parmi eux, il y avait des parties mécaniques ou des circuits électroniques ajoutés.

La jeune femme avait d'abord refermé la double porte derrière elle, avant de se décider à déambuler dans la pièce de longues minutes, en essayant de comprendre où elle se trouvait et ce qui avait bien pu s'y passer.

Elle fouilla, pour tomber sur quelques écrits épars et des notes sur des expériences médicales, toutes plus folles les unes que les autres. Le tout était difficile à déchiffrer, mais elle arriva à la conclusion qu'il s'agissait de tests des laboratoires Ozarks sur des cobayes, a priori volontaires pour se voir injecter des substances génétiques animales ou se faire greffer des membres de bêtes qui lui étaient totalement inconnues.

Ses pensées oscillaient toujours entre la rage, le dégoût et la colère.

En se rapprochant des différents caissons, elle chercha les boîtiers de commande en espérant trouver le dispositif qui lui permettrait d'interrompre le processus de congélation. Malheureusement, et à l'inverse de celui dédié à l'ouverture de la porte, ces derniers étaient beaucoup plus complexes, ils présentaient une sécurité comportant plusieurs types de mesures biométriques.

Elle pesta contre ces mécanismes en frappant du poing sur l'un des cadrans qui se trouvaient devant elle, et décida de continuer son inspection des lieux.

Arrivée à l'autre bout de l'immense salle, elle remarqua une nouvelle porte sécurisée sur le côté du mur.

Mais cette fois-ci, celle-ci disposait d'un système rétinien obsolète, comme elle en avait déjà croisé dans de vieux bâtiments laissés à l'abandon par d'anciens propriétaires dans certaines zones du quartier Est de la ville.

Savannah savait comment contrer cette mesure grâce à une lentille oculaire à variation automatique. Et, par miracle, elle en possédait une dans son attirail de voleuse expérimentée. En s'auto-congratulant, elle la sortit d'une de ses minuscules poches et la posa sans tarder sur sa pupille droite.

Elle rapprocha son œil du dispositif biométrique qui, contre toute attente, fonctionnait encore parfaitement pour scanner sa rétine.

Une voix monocorde tout droit venue du mécanisme lança :
« Vous n'avez pas l'autorisation pour entrer ! »

« Ah oui, c'est ce qu'on va voir, mon vieux », répondit la jeune femme blonde à voix haute sans s'attendre à la réciproque de la part de la machine.

Avant de sortir un petit boîtier d'un autre de ses compartiments secrets pour actionner l'unique bouton qui se trouvait en son centre.

Son œil changea plusieurs fois de couleur et de forme alors qu'elle continuait d'appuyer à mesure que la protection lui répondait négativement.

Enfin, après encore quelques essais infructueux, ce dernier céda : « Vous avez l'autorisation d'entrer. Les dispositifs de sécurité intérieure ont tous été désactivés, M. Richard. »

« M. Richard, elle est bien bonne, espèce de stupide machine », rigola Savannah en remettant ses petits objets précieux à leur place initiale.

Elle pénétra ensuite dans la pièce qui venait de lui être rendue accessible.

À sa grande satisfaction, elle tomba cette fois-ci dans une vraie caverne d'Ali Baba. Des objets en tous genres étaient exposés sur de longs présentoirs vitrés, que ce soit au mur ou au milieu de ce qui semblait être une ancienne réserve. Elle ne savait plus où donner de la tête et parcourait les différents râteliers en se demandant déjà quoi emporter lorsqu'elle remarqua même un emplacement pour une douche sonique.

En quelques secondes, elle avait totalement occulté sa situation première, qui l'avait amenée jusqu'à cet endroit, et se mit à observer les tenues et les armes parfaitement rangées sur le mur devant elle.

Oubliant le danger immédiat et se sentant malgré tout en sécurité, la jeune femme s'approcha de la douche, qui s'alluma, n'attendant plus qu'elle y accède.

Grisée par ce luxe inconnu, elle se déshabilla alors rapidement et entra dans l'habitacle, qui se mit à vrombir et à souffler sur toutes les parties de son corps, bientôt empli d'une douce chaleur apaisante, pendant les trois minutes que dura le traitement. Elle ne s'était pratiquement pas frottée tout le long de ce lavage extraordinaire ; pourtant, sa peau semblait de nouveau parfaitement lisse et débarrassée de toute impureté. Ses cheveux étaient eux aussi incomparablement soyeux et souples. Avant de sortir, elle fut arrosée d'un liquide odorant qui l'aspergea de la tête aux pieds comme pour la protéger des maux extérieurs et la rafraîchir enfin. Elle huma le doux parfum enivrant et laissa l'aspiration au sol faire le reste. Le chauffage automatique qui l'avait aussi délassée s'interrompit à son tour. Elle n'avait jamais connu pareil traitement hygiénique et s'interrogea encore sur la façon dont les mécanismes qui permettaient cela pouvaient bien fonctionner.

Pourtant, dès l'arrêt définitif de la douche, la jeune femme oublia cette bienveillante sensation et se dirigea vers une combinaison accrochée à un mur. Sa matière était douce, délicate, élastique et résistante. Elle se décida à enfiler le body intégral à manches longues et trouva de fins chaussons un peu caoutchouteux assortis. Son habillage se poursuivit ensuite par de légères maniques, qui complétaient l'ensemble de ce costume sur lequel elle remit tout de même son gant fétiche. La ceinture de l'équipement était encore plus pratique que celle en sa possession, et elle décida de l'échanger pour y fourrer sans plus attendre tout un tas de gadgets inconnus à l'intérieur, en plus de ceux qui y étaient déjà conservés. La voleuse termina en glissant finalement de longues lunettes de protection et une sorte de cagoule, qui semblaient parfaire cet ensemble, dans les poches encore disponibles de sa veste en cuir.

Alors que la petite cambrioleuse pensait pouvoir mettre son pull sur sa nouvelle tenue, ses jambes flageolèrent soudainement et elle bascula en arrière quand ces dernières décidèrent de la lâcher totalement.

Savannah glissa sur les fesses en pestant contre elle-même, alors qu'une violente douleur transperça son crâne, prêt à exploser.

Au même instant, sa vision se brouilla et ses tempes tambourinèrent, comme sur le point d'éclater et de vider son cerveau. Son regard scrutait machinalement les contours de la pièce ; cela ne l'empêcha pas de ne rien voir et d'être plongée devant un voile noir total. Son bras gauche se souleva devant son visage, comme pour l'aider à le bouger. Elle réussit à sentir ses doigts s'ouvrir et se fermer sans qu'elle leur ait ordonné quoi que ce fût.

Alors que son autre main touchait son sein droit, comme pour se persuader qu'elle était encore bien en vie, elle n'arrivait plus à bouger ses deux jambes, qui restèrent totalement inertes.

Un nouvel éclair vint transpercer sa boîte crânienne de part en part et elle poussa un cri aigu en portant ses deux mains à ses yeux. Des gouttes de sueur perlèrent aussitôt de chaque côté de son visage délicat.

Un filet de sang s'échappa de nouveau, de ses narines cette fois-ci, et coula jusqu'au bord de sa lèvre inférieure. Elle passa sa langue pour en avaler une partie et s'essuya le reste du plat de la main comme elle le put.

Sa vision s'éclaircit aussi soudainement qu'elle s'était grisée.

Ses jambes semblaient enfin lui répondre et elle parvint finalement à se remettre sur pied, pour finir de s'habiller péniblement, en enfilant une paire de bottes neuves et souples sur ses fins chaussons pour compléter sa nouvelle combinaison.

Elle regarda ses vieilles guenilles et prit la décision de les laisser derrière elle, en se dirigeant vers les présentoirs d'armes.

Vidant son sac dans la foulée, elle jeta à terre les quelques bricoles inutiles qu'elle avait emportées par dépit lors de ses larcins précédents. En échange, elle remplit sa besace de capsules énergétiques, d'une douzaine de minigrenades, d'un pistolaser léger ainsi que d'un modèle raccourci de canon à plasma. Elle y ajouta une petite vibrolame rétractable et l'une des paires de griffes en acier qu'elle trouva. Elle enfila la seconde à sa main non gantée en souriant, laissant la dernière sur le présentoir. Elle découvrit enfin un filin terminé par un crochet triple, qu'elle décida de mettre à sa ceinture.

Mais sa plus grande trouvaille fut un appareillage sophistiqué composé d'un harnais dorsal complet qui se finissait par deux longs tubes à propulsion et de minuscules ailes rétractées dans le dos. Elle le soupesa et fut vraiment surprise de son poids ridicule. Tout de suite emballée à l'idée de l'essayer, elle venait de trouver sa planche de salut et un nouvel équipement qu'elle n'aurait sans doute jamais rêvé acquérir. Elle se voyait déjà, virevoltante dans le ciel, tel un oiseau, et déposa le matériel dans le long sac qui lui était destiné juste à côté.

Soupesant l'ensemble de son larcin en jubilant, elle décida qu'il était maintenant grand temps de partir de cet endroit aussi malsain que grisant.

Mais avant cela, il lui restait encore une chose à accomplir. Réfléchissant un instant sur les baies vitrées closes de la salle adjacente, la jeune femme se demanda si sa chance n'avait pas miraculeusement tourné depuis son arrivée fortuite dans cette enceinte.

Son inspection terminée, elle regarda une dernière fois la pièce qu'elle laissait derrière elle à contrecœur et revint dans le grand laboratoire qui était toujours aussi silencieux, hormis les vrombissements perpétuellement lancinants des machines.

Elle réfléchit encore un instant pour trouver une solution au calvaire des malheureux enfermés dans leurs prisons de verre et n'en obtint qu'une seule, radicale, mais efficace malgré tout.

Elle allait faire un aller-retour pour récupérer une arme lourde dans la réserve lorsque, soudain, elle entendit une explosion puis des coups sourds en provenance de la double porte au fond de la grande salle.

Hésitant un instant, Savannah se précipita tout de même vers les bruits qui résonnaient à ses oreilles.

En arrivant à destination, elle constata qu'un trou venait de se former dans la tôle froissée. Après plusieurs autres cognements portés, la brèche s'agrandit encore et laissa une ouverture assez large pour qu'une grosse bonne femme à l'allure sombre passe de son côté.

La masse imposante se rapprocha d'elle à mesure qu'elle reculait instinctivement.

La forme la remarqua immédiatement et la vieille dinde cracha dans sa direction en l'invectivant :
— Ah, je te retrouve enfin, sale traînée !
— Comment ça ? l'interrogea Savannah alors qu'elle comprenait à qui elle avait affaire en apercevant le crâne humain éclaté par une masse cloutée qui était tatoué dans le creux de sa poitrine apparente. « Le symbole des *Kass'Têtes* », songea-t-elle en pestant contre sa mauvaise fortune et sa chance qui venait de nouveau de tourner.

— Fais pas ta bécasse, t'as très bien compris qui j'étais et pourquoi je suis là. Tu vas devoir payer pour ce que t'as voulu faire à Randy, lui cracha l'autre, au sens propre comme au figuré.

— Je… Je… Non, non, c'est pas ce que vous croyez ! Écoutez-moi !

— M'en fous. Ma copine Daisy a morflé, c'est à ton tour maintenant, faut bien que quelqu'un paie pour ça !

Savannah recula encore de quelques pas en levant sa double griffe en direction de la pouilleuse. Cette dernière eut un rire sauvage montrant sa dentition aussi noire que dégarnie en brandissant à son tour sa batte cloutée.

— T'inquiète pas, ma donzelle, je vais pas te faire souffrir trop longtemps. Juste un peu, comme y faut, histoire de m'amuser. Ah, ah, ah…

Avant qu'elle ne lance sa première attaque, la vieille pouilleuse fut interrompue par une sirène tonitruante qui se déclencha à tous les étages du bâtiment. Un éclairage rouge clignota simultanément dans la salle en lieu et place de la teinte lumineuse blanche jusqu'ici présente, et une voix monocorde annonça dans la foulée : « Compte à rebours final initié. Cinq minutes avant détonation terminale. Les fermetures automatiques auront lieu dans soixante secondes. »

« Et merde ! » lâcha Dutch avant de hurler en direction de sa nouvelle ennemie : « Je vais pas crever avec toi, petite pute ! »

Elle bondit aussitôt en direction de la jeune voleuse, qui para le coup de sa griffe en métal.

La jeune femme blonde avait toujours les cheveux collés par le sang séché et le sable qui s'était infiltré lors de sa chute. Elle se promit de se couper les mèches trop longues qui lui gâchaient la vie depuis trop longtemps.

En se grattant le crâne de ses doigts crasseux, elle réfléchit aux différentes alternatives qui s'offraient à elle.

Le marais était enfin dans son dos, mais il lui faudrait encore plusieurs heures pour rejoindre son petit nid douillet. Il lui était impossible de reprendre le chemin emprunté à l'aller. Les tyroliennes étaient plus rares dans le sens inverse et elles seraient sans doute trop douloureuses dans son état actuel.

Elle ne voulait pas risquer d'utiliser son dispositif sans avoir effectué un check-up approfondi et risquait de le détériorer davantage, surtout après l'épisode dangereux qu'elle venait de subir.

Savannah Wilsey hésitait à voler un véhicule dans l'un des entrepôts proches de sa position. S'il était trop gardé, elle s'exposait là encore à un plus grand danger qu'une longue marche pénible et forcée.

En ruminant contre elle-même et en continuant de tirer son lourd sac de matériel avec la main qui la faisait le moins souffrir, une idée lui vint soudain à l'esprit : « Et si je rejoignais le temple ? Je suis sûre que le frère-disciple Alaric acceptera de m'héberger une fois encore pour une nuit ou deux. En plus, je suis certaine qu'ils auront un bon ragoût et des antiseptiques gratuits pour me soigner ! »

Sa mine déconfite retrouva une teinte sobrement plus rosée et une petite moue souriante vint lui barrer le visage plein de terre et d'égratignures légères.

« Oui très bonne idée ma petite Sav. Allons rendre visite aux Frères avant de rentrer à la maison ! »

CHAPITRE QUATRE
UN COMBAT INUTILE

Turbo-City, laboratoires Ozarks, 25 janvier 2092

Savannah plongea dans le regard enragé de la grosse bonne femme essayant de la forcer à basculer vers l'arrière alors que de la sueur perlait à grosses gouttes sur son front crasseux. Elle lui retourna toute sa détermination avec un rictus de défi.

Après quelques esquives et attaques inefficaces des deux côtés, son adversaire choisit de se ruer en avant pour la faire flancher.

— Je vais te crever, pouffiasse ! lui lança-t-elle en essayant de lui cracher au visage, sans atteindre sa cible.

Sans répondre, la jeune adulte profita de l'occasion pour faire un pas de côté et utiliser leur différence de corpulence pour la déséquilibrer. La feinte fonctionna bien mieux qu'elle ne l'avait envisagé lorsque l'autre tomba la tête en avant vers une machine à la forme tubulaire. Lâchant son arme pour essayer de se réceptionner tant bien que mal, elle s'écroula encore plus lamentablement sur le sol, tel un vulgaire détritus jeté négligemment à terre.

Savannah profita de l'occasion pour se ruer sur elle et lui asséner plusieurs coups de pied dans les côtes et le plexus solaire.

En tentant de se recroqueviller pour parer les coups, la miséreuse parvint à mettre une main sous sa veste et attrapa un objet rond, une grenade à fragmentation rudimentaire, dont elle enclencha aussitôt le mécanisme.

— Je vais te crever ! ricana-t-elle à nouveau en réussissant à montrer l'explosif à la voleuse qui continuait, tant bien que mal, à lui porter des coups comme elle le pouvait.

Notre jeune combattante écarquilla alors de grands yeux ronds en voyant l'engin explosif dans la main de son adversaire.

Elle eut le réflexe d'arrêter illico son matraquage et de cavaler dans le sens opposé pour se mettre à l'abri le plus rapidement possible.

Elle fut fauchée dans sa course par la déflagration, qui pulvérisa l'indigente en une multitude de lambeaux de chair sanguinolente à travers toute la salle.

Le monstre venait de se repaître d'un troisième corps en moins d'une dizaine de minutes.

Les blessures dont il souffrait n'étaient rien en comparaison du plaisir qu'il éprouvait, après tant d'années de captivité en sommeil suspendu. Son sang avait arrêté de couler et commençait déjà à coaguler, pour cicatriser sur ses plaies.

Il se sentait revivre et, son instinct inhumain enfin rassasié, il allait maintenant pouvoir se projeter en dehors de cette fournaise, goûter pleinement à la liberté, à l'air libre, pour traquer ceux qui l'avaient enfermé et transformé de la sorte.

Se relevant pour humer les odeurs présentes, l'animal jeta un regard circulaire de l'endroit où il se trouvait.

Il devait se mettre en quête d'une sortie et oublier les deux dernières proies encore en vie dans l'enceinte. Sa soif était étanchée et rien ne devait le contraindre à se retrouver de nouveau enfermé.

Reniflant un air plus sain venant des soubassements, la bête bondit sur la paroi la plus proche et prit appui dessus pour sauter de nouveau vers l'entrée par laquelle les humains qu'elle avait dévorés étaient arrivés.

Après une course rapide et maîtrisée, l'étrange animal se contorsionna pour pouvoir passer de l'autre côté du trou grossier et quitter, enfin, l'enfer de sa longue captivité. Il se retrouva dans les égouts obscurs et malodorants de la mégapole.

Sa vision grise s'adapta aussitôt à son nouvel environnement et lui permit de l'appréhender aisément. Les odeurs étaient bien différentes et bien plus nombreuses ici. Son excitation continua de monter à mesure qu'il découvrait ce milieu totalement inconnu.

La forme disparut finalement dans la pénombre des tréfonds humides et sombres de Turbo-City.

Sa vue était floue et un goût de sang était présent dans sa bouche. Ses côtés et son flanc gauche la faisaient souffrir, mais elle réussit à se relever tant bien que mal.

Encore sous le choc de ce qui venait de se produire, Savannah s'étonna pourtant de s'en être sortie avec si peu d'égratignures, et même d'être finalement en vie. Lorsqu'elle se retourna, son regard put apercevoir un amas de chair fumante à seulement quelques mètres de sa position.

Elle n'eut pas le loisir de s'interroger plus longtemps alors que, de nouveau, la voix monocorde du complexe scientifique hurlait dans ses oreilles : « Compte à rebours final initié. Une minute et trente secondes avant détonation terminale. Les installations sont hermétiquement closes comme le prévoit le protocole Redstone. Aucune forme de vie n'a été détectée. Aucune contamination bactériologique envisagée. »

« Mon cul, oui, et moi, alors ? » dit à voix haute la jeune femme, sans espoir de recevoir une réponse de la machine.

Savannah courut vers le harnais qu'elle avait l'intention d'utiliser plus tard et dans de meilleures circonstances. Elle ne put s'empêcher de trembler fébrilement en l'enfilant aussi vite que possible et passa sa large besace en travers de son épaule.

« Compte à rebours final. Une minute avant détonation terminale », répéta le haut-parleur de la salle.

Sans s'en préoccuper plus que cela, la voleuse ajusta un long réticule oculaire qui était relié au dispositif inconnu. Un interfaçage neuronal s'effectua presque instantanément dans la foulée lorsque la prise interne de ce dernier rencontra son implant frontal.

Un affichage étrange vint lui barrer une partie de sa vision alors qu'elle se précipitait déjà vers les longues baies vitrées encore recouvertes par des plaques métalliques légèrement fendues sur de larges bandes verticales et horizontales.

Elle sortit l'une des grenades de son sac et la balança dessus en se protégeant, accroupie derrière un haut meuble.

La déflagration s'effectua, mais le trou n'était pas suffisant pour qu'elle puisse se jeter dans le vide. Elle décida donc de lancer deux autres explosifs. La voix machinale se fit de nouveau entendre après le vacarme engendré : « Compte à rebours final. Trente secondes avant détonation terminale. »

Heureusement pour la jeune voleuse, cette fois-ci, les deux explosions presque simultanées avaient suffisamment mis à mal les protections métalliques. Un vent frais venu de l'extérieur se fit instantanément ressentir aux abords de l'ouverture, et la pièce en fut rapidement emplie.

Savannah s'avança prudemment de la brèche et regarda dans le vide en tremblotant.

« Merde, Sav, qu'est-ce que tu fous là ? » se dit-elle en appuyant sur l'énorme bouton rouge qui se trouvait au centre du harnais au milieu de sa poitrine.

La réponse fut immédiate, alors que son cerveau recevait une impulsion électrique qui se transforma en un « Interfaçage complété. Dispositif opérationnel à 100 %. En attente d'ordre direct. »

Elle sentit aussi son corps se soulever du sol et de petites ailes mécaniques se déployer dans son dos.

Tendant l'oreille une dernière fois, une voix devenue vite familière répéta : « Compte à rebours final. Dix secondes avant détonation terminale. Neuf secondes… Huit secondes… »

La jeune femme décida de se jeter dans le vide.

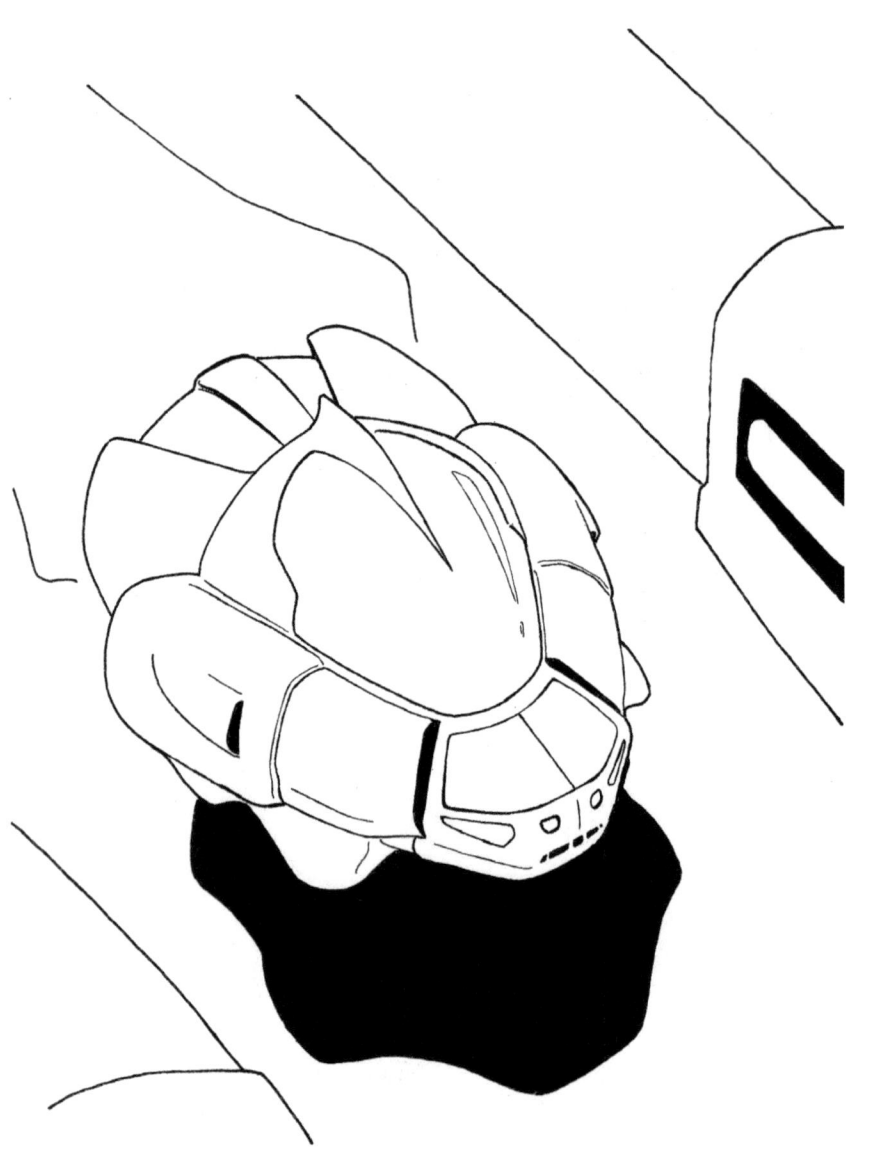

INTERLUDE DEUX
CHASSE À L'HOMME

Turbo-City, bourg des Fléaux, 26 janvier 2092

Le bourg des Fléaux n'était sans doute pas l'endroit le plus hospitalier du quartier Sud de Turbo-City. Mais depuis que le gang violent et sans pitié des *Kass'Têtes* s'était transformé en un fan-club protecteur et organisé, la vie de ses habitants s'était considérablement améliorée.

À ses débuts, Randy Decker n'était qu'un petit trafiquant d'armes sans grande envergure. Il s'était fait la main et une réputation avec beaucoup de chance et quelques combines bien senties, par ses potes les plus proches. Au fil du temps, son business lucratif avait pris de l'ampleur et son bar discothèque, dont il avait hérité de son paternel, lui avait permis de diversifier ses activités.

Il avait d'abord touché un peu à la prostitution avec les filles faciles qui officiaient dans son établissement, loin d'être très select. Et plutôt que de laisser la main à des petits trafiquants de drogue dans les coursives sombres du « Lux », ils les avaient forcés à rejoindre sa bannière pour pouvoir les contrôler et distraire encore plus sa clientèle.

On venait aussi le voir quand on allait devoir se salir les mains et fracasser quelques crânes. Il avait toujours aimé faire le sale boulot depuis sa plus tendre enfance, pour se divertir et montrer à tous qu'il était bien plus que juste un « beau bébé ». Difficile de ne pas lui chercher des crosses alors qu'il dépassait tout de même les deux mètres pour plus de cent dix kilos. Mais surtout, difficile de vouloir se mesurer à lui lorsqu'il avait compris qu'il pourrait avoir toujours plus en écrasant ses rivaux avec ses poings. Sa silhouette hors norme ne pouvait pourtant laisser croire qu'il tapait comme une gonzesse, et les deux membres synthétiques qui avaient remplacé ses deux mains lui avaient permis de devenir l'un des plus gros frappeurs jamais connus dans la ville.

Tout le monde le côtoyait aujourd'hui dans le bloc, il était le seul Noir au crâne rasé à porter un costume en lin avec une poule différente sous le bras tous les soirs.

Au fil du temps, son gang violent et sans pitié avait grossi et comptait maintenant plusieurs dizaines de personnes.

L'équipe de Kyfball des *Hard Squigs* de la ligue de division secondaire venait d'intégrer l'une des deux pools majeures. Elle avait prospecté jusqu'à se mettre d'accord avec Decker pour qu'il devienne le responsable de leur fan-club officiel.

Le chef de gang était fan du sport numéro un de Turbo-City et avait tout de suite accepté la proposition du technodirigeant Allan Verson. Il allait pouvoir assister à chaque rencontre de son équipe fétiche dans les enceintes du Full Ground Theather. De plus, ses hommes allaient avoir le droit de s'en mettre plein la tronche avec les supporters des clubs rivaux, et en toute légalité cette fois-ci.

À mesure que les matchs avaient défilé et que les victoires se succédaient, ses hommes avaient montré leur valeur et, de fait, sa popularité avait même augmenté auprès des habitants défavorisés de son quartier, qui se sentaient protégés à chaque sortie dans l'arène des Hard Squigs. Les foules s'amassaient toujours plus nombreuses pour suivre les exploits du Beginner[4] de leur équipe.

Les choses avaient tellement évolué que les rebuts de la société qu'il dirigeait avaient choisi de continuer à défendre la population, même en dehors du stade.

Randy Decker gagnait en popularité chaque jour et il était devenu une cible à abattre. Autant par les fan-clubs rivaux que par les technodirigeants des autres équipes de la pool.

---

[4] Le drone vedette des équipes de Kyfball, qui ouvre les combats dans l'arène, et donne souvent un avantage déterminant dès le début de rencontre par sa victoire contre son adversaire en combat singulier.

Dirk Valentine, alias « No'Eyes » pour ses commanditaires ou ses confrères, venait de rater sa cible. C'était la première fois que cela lui arrivait. Avec plus de cent vingt contrats à son actif, pour autant de réussites, il ne pouvait pas en rester là. Il allait devoir se salir les mains s'il ne voulait pas ternir sa réputation éclatante, et remplir la tâche pour laquelle ses employeurs du moment l'avaient grassement payé. L'échec était intolérable et surtout inacceptable.

Alors qu'il redescendait du toit où il se trouvait, il s'interrogea sur son fiasco. Sa cible avait bougé à l'instant où il avait appuyé sur la détente et avait même réussi à se faufiler hors d'atteinte avec une souplesse inouïe pour une vieille femme de son âge. La silhouette qu'il avait entraperçue semblait encore plus féminine que ce qu'on lui avait annoncé et, maintenant que l'alerte avait été donnée de l'autre côté de la rue, les choses allaient vite devenir bien plus sales.

Sa combinaison intégrale et le fusil de sniper qu'il avait démonté avant de descendre ne lui permettaient pas de bouger aussi rapidement qu'il le souhaitait, mais sa protection pouvait aisément encaisser n'importe quelle attaque lancée contre lui.

Avant de rejoindre son véhicule, le tueur avait laissé quelques explosifs sur le toit, dans le but de gagner du temps, d'effacer ses traces et d'engendrer une autre distraction pour ses nouveaux ennemis.

Il aperçut une jeune femme blonde courir à vive allure vers une plaque d'égout dans une des ruelles proches de lui, mais n'y prêta pas plus d'attention que cela. Il devait sûrement s'agir d'une niaise gourgandine qui fuyait l'un de ses clients un peu trop gourmands. Cette dernière devait certainement courir pour regagner sa tanière souterraine, en espérant oublier les excès qu'elle avait dû faire pour satisfaire les habitués du bar le plus proche. Il eut un rictus de mépris en tournant les talons et en se dirigeant ensuite vers la navette Scorpio DX que lui avait fournie la corporation à l'origine de la plupart de ses contrats d'exécuteur.

Avec une ligne tout en longueur et une forme ovoïde peu commune, le véhicule disposait des dernières technologies de déplacement horizontal et vertical avec poussée thermique. Conçu pour un seul passager, l'habitacle était pourtant confortable et l'arsenal monté à sa demande lui permettrait de parer au plus urgent. De plus, le léger coffre à l'arrière possédait aussi un stock suffisamment fourni en matériel pour l'autoriser à changer de plan d'attaque le cas échéant. Il l'ouvrit pour y déposer son long étui, avant de le refermer sans attendre.

Valentine soupira fortement en se demandant une fois encore ce qui avait bien pu clocher en activant l'ouverture de la cabine sur son avant-bras. Il se plia pour entrer, et la vitre de protection coulissa de nouveau dès qu'il fut installé. Le tueur prit ensuite les commandes à deux mains. L'interfaçage avec la navette se fit quasi instantanément alors qu'il recevait déjà diverses informations par le biais des connexions de son casque.

Les clubbers[5] de Decker allaient partir à ses trousses et le chasseur comptait bien sur l'arrogance de celui-ci pour pouvoir mener à bien sa nouvelle mission forcée.

---

[5] Nom que l'on donne aux membres des fan-clubs des différentes ligues de Kyfball.

Dès le déclenchement des moteurs vrombissants, la navette sortit de la ruelle sombre où elle était garée.

Le mercenaire ne dut pas attendre longtemps avant de voir fondre sur lui plusieurs modèles monoplaces d'aérospeeders[6] et deux Supreme Falcon. Une Rally au blindage renforcé fermait la marche.

Il ricana devant autant d'audace dérisoire et enclencha les hostilités.

L'information n'avait mis que quelques minutes pour circuler jusqu'à lui. Tel chaque grain d'une traînée de poudre parfaitement enflammée, ses hommes avaient communiqué sur la tentative d'assassinat dont venait d'être victime sa mère. Randy Decker n'avait jamais réussi à la contraindre à quitter les lieux qui l'avaient vu grandir. Elle n'avait jamais accepté ses activités et l'avait renié plusieurs fois, même après qu'il fut devenu le chef du fan-club des *Hard Squigs*. Mais malgré cela, il continuait de veiller sur elle et de la protéger à distance. Le malfrat savait sa vie en danger, plus encore que la sienne, et que sa génitrice représentait un moyen de pression pour le faire plier. Et ce soir, ses ennemis avaient franchi la limite.

En quittant prématurément la table où le gangster se trouvait avec une certaine Bethany, l'un de ses plus fidèles lieutenants lui confirma que sa mère était bien en sécurité. Le brun longiligne le rassura encore une fois en lui signalant que sa génitrice avait passé la soirée avec l'une de ses voisines de palier, à prier pour la paix de

---

[6] Moto légère montée sur coussins d'air, le plus souvent monoplace, certains modèles peuvent être biplaces.

son âme et de tous les autres égarés du bloc, à la grande paroisse de la Sainte-Célestine.

— Très bien, merci, Ritchie, je te remercie, lui rétorqua son chef alors que le géant vérifiait une fois encore si son arme énergétique était bien accrochée à sa ceinture.
— On a même repéré le salaud qui a voulu faire ça et sa complice, une petite pouffiasse que Gover et sa bande ont prise en chasse.
— Parfait. J'ai aucune crainte à avoir concernant Gover. Il a Grandd avec lui ?
— Ouais et Cooter aussi, avec Daisy et Dutch, lui confirma la grande asperge qui se trouvait à ses côtés.
— OK, très bien. Vous avez sorti ma Rally ?
— Bien sûr, patron, tout le monde vous attend dehors. On est tous là pour faire la peau à l'enfoiré qui a voulu...

Le dénommé Ritchie hésita un instant avant de finir sa phrase, alors que son patron lui était passé devant et ne semblait déjà plus l'écouter.

Il lui emboîta le pas sans ajouter quoi que ce fût, alors que plusieurs hommes armés les rejoignaient pour les suivre jusqu'à la sortie arrière de l'établissement.

Quelques secondes plus tard, le chef de la meute enragée qui attendait devant les portes du club prit la parole pour les haranguer encore davantage. La motivation n'était pas nécessaire, mais restait tout de même l'un des rouages essentiels dans l'affrontement qui allait suivre.

Decker se positionna au milieu de l'arc de cercle que venaient de former les hommes et les femmes de son gang qui hurlaient déjà vengeance pour lui.

— Je n'ai qu'une seule chose à vous dire. Mort à l'ennemi !

Il choisit de faire une pause en levant les bras et ajouta simplement :
— Montrons une fois encore que nous sommes impitoyables. Que personne ne peut s'en prendre à nos familles ! Que nous sommes et resterons des Fracasseurs de Cranes.

Des vivats montèrent crescendo alors qu'il cognait ses poings rageurs l'un contre l'autre. Tous hurlèrent : « Kass ! Kass ! Kass ! » pendant que leur Alpha réitérait les mêmes gestes.

La première Supreme avait explosé dans une gerbe de métal en fusion. Dirk Valentine l'avait ciblée avec l'unique missile autoguidé que possédait la navette qu'il pilotait dans l'artère principale du bourg des Fléaux.

Il se retrouva rapidement face à la seconde, alors que les conducteurs des différents aérospeeders avaient lancé plusieurs cocktails Molotov sur son véhicule. Sans qu'aucun produise un résultat vraiment probant, ne laissant que quelques traces de brûlure sur la carrosserie et des entailles pas plus grandes qu'un trou de souris.

Le trafic au sol était quasi nul dans le bloc comme dans la plupart des zones frontalières du quartier Sud. Les transports s'effectuaient en majorité par voie aérienne depuis que les routes n'étaient plus entretenues dans le secteur laissé à l'abandon par les forces gouvernementales.

Ces forces armées n'intervenaient aussi que très rarement pour faire respecter les lois. Seul un mouvement de rébellion de la part de ses habitants envers ceux des autres quartiers était considéré comme un acte nécessitant une action de représailles.

Cela donnerait donc le champ libre à Valentine et aux clubbers auxquels ils faisaient face pour pouvoir régler leur différend par tous les moyens à leur disposition, sans qu'ils aient à en répondre devant la justice.

L'interfaçage neuronal direct dont il bénéficiait et la manœuvrabilité exceptionnelle de son véhicule léger permettaient à l'assassin d'éviter la majorité des tirs lancés contre lui.

Les boucliers énergétiques avant et arrière lui assuraient aussi une bonne défense contre les armes rudimentaires de ses adversaires. Le pilote expérimenté décida d'accélérer, pour se débarrasser au plus vite du second véhicule qui lui collait le train de trop près. Cet engin représentait le plus grand danger en dehors de la Rally qui continuait de rester à l'arrière du convoi.

Il actionna les miniréacteurs de poussée verticale et vida presque ceux-ci, en stoppant simultanément les gaz. La navette se souleva de quelques mètres en hauteur et la Supreme le dépassa en s'engageant à quelques centimètres sous son plancher. Adepte de cette figure utilisée régulièrement, il l'avait perfectionnée au fil du temps, et des mines s'étaient accrochées sur la voiture ennemie à son passage.

Dirk fit immédiatement une embardée sur la file opposée de l'artère express pour éviter de percuter le bolide adverse, qui subit plusieurs explosions simultanées le réduisant en un flambeau de flammes sur lequel vinrent s'empaler plusieurs aérospeeders lancés à sa poursuite.

La voie rapide menant vers le bloc suivant prit de nouveau des teintes orangées, alors que le gang de Decker voyait ses forces se réduire drastiquement au fil des minutes. Le tueur à gages commençait à avoir le sourire, sachant que les motos de ses adversaires allaient vite disparaître de sa liste de nuisances immédiates.

La Rally s'était vite retrouvée seule à mesure que les véhicules légers à ses côtés avaient disparu les uns après les autres, dans diverses explosions plus ou moins spectaculaires. Le véhicule lourd ne pourrait échapper à la navette derrière elle.

Elle s'immobilisa finalement alors que la Scorpio DX l'avait poussée à entrer dans une contre-allée dont elle n'avait pu ressortir.

Ses habitants quittèrent précipitamment son habitacle, alors que la navette venait se positionner non loin d'eux, en stoppant à son tour ses turbines. La vitre du côté latéral gauche coulissa pour s'ouvrir quelques secondes plus tard.

Une brune assez grande et mince sortit la première ; c'était elle la chauffeuse de la Rally modifiée. Elle avait un pistolaser à faible portée dans chaque main. Deux hommes lui emboîtèrent le pas. L'un d'eux était petit et trapu et semblait tenir un fusil laser à canon court. Le dernier n'était autre que Randy Decker lui-même. Il se positionna à l'extrémité la plus éloignée de Dirk Valentine, qui s'extirpa à son tour de son siège, sans précipitation, pour affronter ses ultimes adversaires.

Ce dernier se dirigea tranquillement vers l'arrière de son véhicule et ouvrit son coffre pour en sortir son arme fétiche : un railgun à plasma modèle HL6. Un prototype rare, que l'assassin avait lui-même customisé à l'extrême pour lui donner l'apparence d'une gueule de dragon crachant un feu rageur et destructeur sur ses ennemis.

Le tueur à gages était toujours dissimulé lorsque, soudain, la quatrième et dernière passagère du bolide blindé se présenta sur son flanc gauche, armée de deux petites barres de fer cloutées, une dans chaque main. Sans attendre une réaction de sa part, elle fonça sur lui en poussant un cri animal rageur.

Il plaça son avant-bras devant lui en position défensive pour encaisser le coup qu'elle lui porta avec les deux armes en même temps.

Le bouclier énergétique de son armure absorba les deux chocs quasi simultanés.

Il pivota à quarante-cinq degrés et repoussa son adversaire du revers de la main. Sans prendre la peine de la regarder plus que cela, il appuyait déjà sur la détente de son railgun en visant sa cage thoracique.

L'impact si proche fut terrible pour la malheureuse, qui n'eut pas le temps de comprendre ce qui lui arrivait. Son corps fut littéralement coupé en deux. Lorsque les deux parties encore fumantes touchèrent le sol, la pauvre diablesse avait déjà quitté ce monde.

Il n'avait fallu qu'à peine deux minutes au tueur professionnel pour écarter le petit sbire de Decker, qui avait décidé de se sacrifier pour protéger son boss. Ce dernier s'était ensuite élancé à toutes jambes pour tenter de s'échapper en empruntant un passage étroit à l'arrière de la ruelle aux côtés de la conductrice de la voiture blindée.

No'Eyes n'avait pas d'autre choix que de se lancer à son tour dans le petit boyau sombre pour les poursuivre.

Il adorait ses derniers moments, lorsque la proie, acculée, essaie de se débattre une ultime fois avant sa mise à mort. Son visage inexpressif afficha un rictus satisfait alors que son arme était suffisamment refroidie pour déverser de nouveau sa fureur destructrice.

Valentine avançait au pas de marche forcée dans la coursive lorsque, soudain, il fut stoppé net par plusieurs impacts de laser léger qui finirent contre le bouclier énergétique avant de son armure.

Activant automatiquement les différents senseurs à sa disposition, il vit une source de chaleur apparaître à quelques mètres en hauteur sur sa gauche dans l'affichage de son casque.

Les chocs se répétèrent encore plusieurs fois, en faisant dangereusement baisser ses protections alors que le tueur à gages enclenchait la grenade antipersonnel qu'il tenait dans sa main droite.

Malheureusement pour lui, l'assassin n'eut pas le temps de la lancer pour faire mouche. Il fut percuté de plein fouet par la masse imposante qui était sortie de son angle mort gauche.

Son arme tomba au sol, et il se retrouva vite plaqué contre le mur le plus proche.

Un bon uppercut bien placé lui fendit la lèvre inférieure. Du sang commençait déjà à couler de sa plaie alors qu'un crochet vint ensuite percuter la visière de son casque en l'endommageant légèrement. Une lumière rouge et un bip d'alerte se répercutèrent simultanément dans ses tympans. Le signal l'avertit que la phase de recharge de ses boucliers s'enclenchait alors qu'ils étaient tombés à leur minimum.

À quelques mètres des deux hommes, l'explosion de la grenade fut brève. Un cri féminin se fit entendre en écho à la déflagration.

Valentine s'efforça de se reprendre en essayant de repousser vivement son assaillant des deux mains, mais cela échoua, car celui-ci était plus grand que lui et bien campé sur ses deux jambes.

— Tu croyais pouvoir t'attaquer à moi et t'en sortir vivant, enfoiré ! lui lança Decker, qui le frappa de nouveau au visage.

La vision de l'assassin commençait à se troubler alors qu'il entendait des encouragements venir de son flanc gauche :
— Oui, patron, défoncez-lui la gueule à cette ordure !

Heureusement pour le tueur à gages, son armure était directement reliée à son cortex cérébral et répondait instantanément à ses moindres pensées. Il ordonna alors un vidage complet de l'énergie résiduelle encore disponible dans cette dernière pour la rediriger vers la totalité de ses boucliers avant. Après avoir inversé leur polarité et une fraction de milliseconde supplémentaire, sa pensée suivante fut de les activer.

Son adversaire fut surpris lorsque son coup de poing fut arrêté et qu'il vrilla l'air de côté. Sa stupéfaction fut encore plus grande quand il sentit une soudaine poussée invisible le faire basculer vers le mur devant lui.

Dirk Valentine profita de ce court répit pour pivoter à l'opposé de la crapule et actionner les sécurités qui se trouvaient dans chacun de ses deux avant-bras. Une lame d'acier triangulaire s'éjecta sur le dessus de ses mains en dépassant d'une dizaine de centimètres.

Alors que Randy Decker vrillait pour se remettre bien droit face à lui, la femme brune qui l'accompagnait se posta devant lui et tira avec ses deux pistolasers vers la poitrine de sa cible.

Les impacts infligèrent des traces ovales noircies sur les plaques de céramite, sans pour autant les percer.

Hurlant sa rage alors que ses deux armes étaient totalement déchargées, elle les jeta à terre pour passer ses mains sous le long pardessus qui la protégeait.

Aussi vive qu'un félin, elle en sortit deux fines lames recourbées et prit immédiatement une position haute défensive en activant le dispositif contenu dans leurs pommeaux. Un arc électrique parcourut le tranchant des deux armes blanches.

Sans attendre la moindre réaction de la part de l'homme en armure qui lui faisait face, elle lança sa première attaque en se ruant sur lui.

Il para aisément l'assaut avec ses propres lames et riposta en la repoussant vers l'arrière.

Prenant alors l'initiative, le mercenaire décida de frapper par petits coups d'estoc rapides pour jauger les réflexes de cette féline persévérante.

Les lames des deux adversaires s'entrechoquèrent dans des cliquetis métalliques remplis d'électricité. La bougresse se défendait parfaitement face à lui, mais continua de reculer jusqu'à ce que son compagnon doive faire un pas de côté pour l'éviter.

Cela la troubla un court instant et la guerrière fut brièvement piquée à l'estomac de la pointe d'une des deux lames de son opposant. Elle ressentit immédiatement une vive douleur aiguë dans son flanc meurtri. Les sensations remontèrent jusqu'à son cœur et elle se paralysa une fraction de seconde plus tard.

L'exécuteur se détourna alors presque aussitôt de son assaillante pour fixer de nouveau l'homme noir qui avait regardé leurs échanges brefs et rapides en reprenant son souffle.

Il ricana lorsque le corps de la pauvresse partit en avant et s'écrasa dans la terre boueuse de la ruelle. Il ne put s'empêcher de lancer :
— Ne t'inquiète pas, elle n'a pas souffert.

Decker serra les dents, sentant sa dernière heure arrivée. Le chef de gang n'avait maintenant plus que ses poings d'acier pour se défendre, et il douta que cela soit suffisant face à un tel adversaire...

CHAPITRE CINQ
CHUTE

Ciel de Turbo-City, 26 janvier 2092

Savannah Wilsey s'était élancée droit devant elle. Les sensations furent tout de suite exaltantes pour la jeune femme. La peau de son visage fin et ses pommettes rosirent sous les effets de l'air frais du ciel de Turbo-City.

Cette envolée inespérée venait de lui sauver la vie provisoirement, car elle fut projetée vers le haut lorsqu'une énorme déflagration explosa dans son dos. Le bâtiment dans lequel se trouvait encore la voleuse quelques instants plus tôt venait d'être soufflé dans un gigantesque bouillonnement de matière en fusion. Les éclats de verre, de métal, de bois et de plastibéton furent projetés aux quatre coins du périmètre alentour. Les flammes et la fumée montèrent rapidement alors qu'elle ne put s'empêcher de pousser un cri désespéré en se sentant tel un fétu de paille, aisément balayée dans les airs.

Savannah gagna de la hauteur en quelques secondes et se retrouva bientôt à plus d'une trentaine de mètres du sol. Sans pour autant fermer les yeux, la monte-en-l'air semblait apprécier la vue nocturne de la vieille zone industrielle de ce secteur de la ville. Les bâtiments alentour étaient presque tous identiques et paraissaient être d'anciens entrepôts de stockage ou de transit.

Heureusement pour son salut, ils possédaient tous de longs toits plats sur lesquels un atterrissage semblait aisément envisageable pour se poser. Son corps planait toujours en vol stationnaire. Le moindre mouvement sur la manette de commandes, qu'elle tenait fermement dans sa main gauche, la déplaçait un peu trop rapidement latéralement à son goût.

« Ahhhhh… », cria-t-elle en hésitant à jouer avec le joystick de droite. Une petite poussée verticale eut lieu à hauteur de ses reins, la propulsant encore davantage en hauteur. « Nonnnn ! »

Essayant toujours de retrouver son calme, la jeune femme ne put s'apercevoir que la colonne de fumée qui montait dans son dos s'amenuisait rapidement à mesure qu'elle s'en éloignait.

Le vent frais qui fouettait son visage lui procurait un sentiment de joie et de bien-être, mêlé de crainte, au vu de la situation précaire dans laquelle elle se trouvait. Heureusement que les appels d'air et les rafales tournantes n'étaient pas des plus forts en ce début d'aube.

Savannah se décida de nouveau à tenter quelques manœuvres tout en douceur sur les commandes contrôlant ses nouvelles ailes. Le dispositif était simple et ne présentait qu'un bouton sur chaque manche. Ils actionnaient la poussée de chacune de la paire de petites turbines arrondies présentes au milieu des deux ailettes.

La jeune cambrioleuse prit une longue inspiration et se décida à piquer vers le sol en collant ses bras à son corps.

En adoptant cette posture et en jouant sur les commandes du harnais, elle se rapprocha rapidement du toit plat d'un des hangars sous ses pieds.

Par sa maîtrise de l'escalade de différents édifices plus ou moins élevés par le passé, et grâce à sa souplesse physique qui lui avait permis de se faufiler dans les endroits les plus exigus, le contrôle de l'appareil allait être un jeu d'enfant, pensa-t-elle alors que le sol se rapprochait encore.

En posant les pieds sur la surface plane et glissante, elle poussa un cri de stupéfaction, sans aucun moyen de stopper sa progression et continua à courir droit devant.

La voleuse essaya de se pencher en arrière et d'impulser davantage sur les turbines pour la faire ralentir, mais ce ne fut pas suffisant et ses pieds n'arrêtaient pas de pédaler dans le vide.

Le bout du toit pointa bien trop rapidement et son vol continua. Elle jura et pesta contre l'appareil.

En scrutant hâtivement du regard les alentours, la jeune femme put apercevoir une autre bâtisse plus longue et plus basse sur sa droite. Sans se poser de questions, la dernière des Wilsey prit sa direction en se crispant légèrement sur les manches.

Son index détecta finalement un minuscule bouton sur l'un d'entre eux . Elle hésita à appuyer une brève seconde alors que le toit du hangar suivant se rapprochait dangereusement. Sa réticence ne fut que de courte durée et elle se décida donc finalement à pousser dessus.

Les turbines s'arrêtèrent net et les ailes se plièrent aussitôt à leurs extrémités, alors qu'un mini-parachute s'ouvrait en leur creux.

Sa vitesse diminua pratiquement au même moment, mais cela ne fut pas suffisant pour éviter qu'elle ne percute violemment le haut du bâtiment quelques secondes plus tard.

La voleuse roula plusieurs fois sur elle-même avant de finalement s'arrêter quelques mètres plus loin.

Savannah jura de nouveau en essayant de se relever. À son grand étonnement, elle ne souffrait d'aucune blessure, et le choc avait été amorti par la tenue fine et légère découverte dans le laboratoire qu'elle avait miraculeusement quitté entière.

Il ne lui restait plus qu'à descendre du toit de son atterrissage forcé, et à retrouver le chemin de sa tanière, pour enfin pouvoir souffler. Il lui faudrait aussi réfléchir à cette longue nuit pleine de rebondissements, mais surtout louer le ciel qu'elle soit toujours en vie et en un seul morceau. Après avoir mis la main sur un butin bien plus énorme que tout ce qu'elle aurait pu imaginer en pénétrant dans le bourg des Fléaux quelques heures auparavant.

Le sourire aux lèvres en remarquant que le dispositif volant était encore intact, la silhouette blonde se dirigea sans tarder vers l'échelle la plus proche…

CHAPITRE SIX
ET MAINTENANT ?...

Turbo-City, zone 53, 26 janvier 2092

    Cela faisait à peine quelques minutes que Savannah avait enfin rejoint son repaire dans la zone 53 du quartier Nord de Turbo-City. Elle était exténuée, et le moindre de ses muscles la faisait souffrir le martyre. Les dernières heures avaient été aussi éprouvantes physiquement que mentalement. Elle souffla longuement et déposa au sol son sac à bandoulière, qui lui paraissait peser pas loin d'une tonne.

    Le petit entrepôt à moitié démoli dans lequel elle avait établi son chez-elle était vraiment le seul endroit où elle se sentait totalement en sécurité. La jeune femme l'avait choisi après y avoir passé plusieurs nuits durant la dernière saison sombre. Personne ne l'avait dérangée et les rares riverains ne voulaient pas avoir affaire à elle. Bref, c'était le nid idéal, que la voleuse avait réussi à meubler de façon spartiate avec quelques bricoles fauchées çà et là.

Elle posa délicatement son nouveau harnais extraordinaire sur la table la plus proche et l'admira encore une fois en jubilant sur cette trouvaille incroyable. La cambrioleuse avait déjà découvert quelques pièces intéressantes par le passé et avait pu les troquer moyennant un très bon prix mais, cette fois-ci, hors de question de se débarrasser d'une telle merveille.

La svelte blonde finit par enlever le reste de ses vêtements et se soulagea de ses multiples armes avant de se décider à remettre sur ses épaules un long pull épais à peu près propre, qui traînait sur le dossier d'une chaise.

Son crâne la faisait encore souffrir terriblement et elle s'interrogea sur les différents malaises qui l'avaient assaillie durant les dernières heures. Hélas, il ne lui venait toujours aucune réponse satisfaisante pour le moment ; elle décida de remettre ce problème à plus tard.

La pickpocket s'étira, en gardant son air fatigué mais heureux, alors que les dangers auxquels elle avait été confrontée ce soir n'étaient déjà plus qu'un mauvais souvenir. De toute façon, personne n'allait la retrouver et, grâce à son butin, Savannah pourrait vivre paisiblement pendant les prochaines semaines. Même si cela la démangeait déjà de reprendre son envol pour découvrir les toits inaccessibles des autres quartiers de la ville, pour l'heure, son ventre criait famine. Cherchant de quoi le rassasier dans la caisse froide qui lui servait de garde-manger, elle se vautra ensuite dans sa couche suspendue qui se trouvait à l'autre bout de son unique pièce à vivre. Totalement exténuée, son grignotage ne dura que quelques minutes avant que ses yeux ne se ferment et que le sommeil ne la gagne enfin...

Le monstre bavait abondamment alors qu'il goûtait enfin à la douceur d'un vent frais venu caresser les quelques poils qui couraient le long de son imposante masse musculaire.

La bête avait mis plusieurs heures à s'extraire des dédales de souterrains qui traversaient toute la ville, mais cela n'était rien en comparaison des années de captivité qui avaient précédé sa libération.

Elle humait l'air en profitant de l'instant, alors que des images de son passé avaient commencé à ressurgir durant sa traversée dans les égouts.

Les expériences et les douleurs associées remontaient peu à peu à la surface. Son subconscient en était encore entièrement marqué ; pourtant, il lui semblait aussi apercevoir des bribes de visions bienveillantes dans tous ses flashs. Sa faim l'avait enfin quittée et son instinct animal se mettait progressivement en sommeil. Le moment était venu de parcourir de nouveau le monde. Ses sens retrouvés, le monstre hurla sa joie à la lueur de l'aube naissante...

Dirk Valentine avait déposé le corps de Randy Decker et des acolytes à l'endroit habituel. Même si sa mission première avait été de fragiliser le fan-club des *Hard Squigs*, l'annihilation pure et simple de l'entité allait largement mettre à mal l'équipe de la ligue de Kyfball pour les prochains mois. Ces employeurs ne devraient pas être des plus contrariés. Du moins, il l'espérait.

De retour chez lui, et après s'être débarrassé de son carcan métallique qui commençait à lui peser sur les épaules, il prit une douche et un repas chaud des plus réparateurs.

Il alla ensuite vérifier les derniers messages sur le communicateur holographique présent sur le bureau de sa chambre. La validation du paiement de son contrat le rassura finalement et venait donc clore définitivement son succès, ou presque…

Car cela ne pouvait pas en rester là, et le tueur allait devoir maintenant comprendre ce qui n'avait pas fonctionné. Peut-être même retrouver les responsables de l'affront subi et les faire payer de la seule manière qu'il connaissait !

ÉPILOGUE
PREMIER CONTACT

Turbo-City, station TTE Oméga, 26 janvier 2092

La jeune Niki Vickers se réveilla brutalement en poussant un petit hurlement. Alertant aussitôt l'androïde qui se trouvait à ses côtés depuis qu'elle s'était endormie calmement sur sa couchette.

L'adolescente était tout en sueur et son front perlait à grosses gouttes. Son souffle était irrégulier et elle mit quelques instants afin que sa vision acceptât la lumière qui émanait du petit compartiment. Elle cligna des yeux plusieurs fois avant que Blue, qui avait surveillé ses constantes durant les onze dernières heures, ne lui demande d'une voix empreinte d'inquiétude :

— Est-ce que tout va bien, mademoiselle ? Vos signes vitaux n'ont montré aucun symptôme alarmant durant votre repos. Pourtant, vous semblez avoir eu un sommeil agité et un réveil très brutal, sans doute causé par un cauchemar.

— Non. Je… Je ne sais pas, à vrai dire.

Elle scruta encore autour d'elle, le regard vague, et dévisagea son drone en faisant une moue interrogative.

— Blue, est-ce que j'ai parlé durant mon sommeil ?
— Oui, effectivement, vous avez répété le nom de Savannah Wilsey à plusieurs reprises pendant que vous dormiez.
— Savannah Wilsey ?
— Oui, miss Niki. À quatre reprises pour être exacte.
— Mais pourquoi ? Et qui est-elle ? Cela ne m'arrivait qu'avec Angie…
— Je n'en ai aucune idée, mais je peux me connecter et regarder dans les bases de données de votre père si vous le désirez.
— Très bien, fais donc cela et prépare-moi ensuite pour le transit vers la maison. Il faut absolument découvrir qui elle est !
— Bien, mademoiselle.

Le drone s'exécuta aussitôt, en se dirigeant vers la petite commode de rangement se trouvant sur le côté du lit. Pendant ce court laps de temps, la jeune femme brune essaya de son côté de reprendre ses esprits en tentant de comprendre ce qui venait de lui arriver.

En préparant les affaires de sa protégée, le robot s'était connecté aux bases de données externes du père de cette dernière.

— Aucune correspondance directe n'a été trouvée, miss Niki.

— Comment ça ?

— Cette personne ne doit pas appartenir à des catégories répertoriées dans les principales bases génétiques cataloguées dans nos infrastructures. Voulez-vous que j'essaie aussi les bases des autres quartiers de la ville ou des organisations gouvernementales ?

— Oui, ce serait parfait, merci.

— Bien, mademoiselle, mais cela risque de prendre plus de temps.

— Je m'en fiche, Blue. Je dois juste savoir qui est cette fille !

— Je comprends, répondit doucement le drone alors que la jeune adolescente s'asseyait sur le côté de sa couchette.

Elle marmonna encore plusieurs fois le prénom de Savannah, « Savannah Wilsey... », en s'interrogeant sur les images floues qui défilèrent de nouveau dans sa tête...

Prochainement
Épisode deux : Premier envol